双葉文庫

江都の暗闘者

尾張暗殺陣

牧秀彦

目次

この作品は双葉文庫のために書き下ろされました。

尾張暗殺陣　江都《こうと》の暗闘者

第一章　十四歳の剣術師範

享保《きょうほう》三年（一七一八）六月。陽暦ならば七月上旬。

千代田の御城の上空に、入道雲がむくむく湧き立っている。

梅雨も明けて、夏の暑さはいよいよ本番。

江都《こうと》では連日の猛暑が続いていた。

それでも主持侍《しゅうもちざむらい》は休めない。

「あー、暑い暑い」

「まったく堪《たま》らぬのう……」

御城勤めの人々は、今日も炎天下を徒歩《かち》で出勤する。

登城《とじょう》するとき乗物と呼ばれる専用の駕籠《かご》が使えるのは大名と、若年寄に老中、大老といった幕閣の面々、および旗本の中でも五十歳以上の高齢者のみ。

たとえ将軍家直属の直参《じきさん》といえども、ほとんどの旗本と御家人は住まいの遠近を問わず、供《とも》と一緒に徒歩で出仕《しゅっし》するのが当たり前。

陽射しは朝からきつかった。

汗をかきかき登城した面々と入れ替わりに、夜勤明けの組が家路に就く。

御城内の納戸口《なんどぐち》は、行き交う人々でごった返していた。

納戸口は江戸城本丸の脇玄関、すなわち通用口のひとつ。入って進むと通路を兼ねた長い土間があり、両側に幾十もの下部屋《したべや》が並んでいる。

下部屋とは、城中の詰所とは別に設けられた更衣室のこと。老中や若年寄のみ個室だが、小納戸《こなんど》や小姓といった下級の者は共用なので狭苦しい。登城してきた順に荷物を置き、装いを正したらすぐに職場へ向かう。

下城《げじょう》する者も同様で、勤めが終われば長居はせずにさっさと場所を空けるのが作法というもの。

折しも旗本が一人、小姓用の下部屋を後にしたところ。

薄暗い土間を進み行く旗本の横顔を、無双窓越しの陽光が照らし出す。

面長で、すっと鼻筋が通っている。

眉は細く長く、切れ長の双眸《そうぼう》も凜々《りり》しい、端整な顔立ち。

身の丈は並だが、麻の肩衣《かたぎぬ》と半袴《はんばかま》を着けた体は均整が取れており、四肢も伸びやかで引き締まっている。

気品溢《あふ》れる美丈夫の名は田沼意行《たぬまおきゆき》、三十三歳。

三百俵取りの直参旗本として仕える主君は徳川吉宗《とくがわよしむね》。

享保元年（一七一六）に八代将軍の座に着いて今年で三年目を迎えた、当年三十五歳の若き天下人。

吉宗がまだ紀州《きしゅう》藩主だった頃から、意行は側《そば》近くに仕えてきた。

吉宗が将軍職に就くと同時に紀州の一藩士から直参旗本に抜擢され、奥小姓となった身である。

三十余名の奥小姓の役目は江戸城の中奥《なかおく》で将軍の世話を焼き、身の回りのさまざまな雑用をこなすこと。四つ半（午前十一時）前に出仕し、宿直《とのい》をして翌朝の四つ半に交代する。

意行は夜勤が明けて、これから田安《たやす》御門内の組屋敷に帰るところ。

着替え入りの挟箱《はさみばこ》を担いで従う供は、二十歳そこそこの若党が一人きり。

身の丈は六尺（約一八〇センチメートル）近く。主家《しゅか》が用意する、お仕着せの麻の羽織と袴《はかま》を着けている。

肩幅が広く、胸板も厚い。

額は心持ち広め。肌は陽に焼けていて浅黒い。

太い鼻筋に分厚い唇。ぎょろりとした両の瞳は眼光鋭く、南洋の豹を思わせる精悍《せいかん》な雰囲気を漂わせている。

白羽兵四郎《しらはねへいしろう》、二十二歳。

十《とお》の歳から田沼家に仕え、意行夫婦が実の子同様に育ててきた身。

若党は武家奉公人の一種。奉公している限りは士分に準じた立場として仮の姓を冠《かん》し、袴を常着《つねぎ》とすることが許されるが、左腰に差しているのは刀身が二尺（約六〇センチメートル）に満たない大《おお》脇差のみ。大小の二刀は、あくまで武士のみの特権。

定寸《じょうすん》の大小を帯びた意行に付き従い、兵四郎は本丸を後にする。

屋外へ一歩出れば、陽射しのきつさが身に染みる。

「お暑うございませぬか、殿」

「大事ない」

労《ねぎら》う兵四郎に意行は答える。夜勤明けの疲れも見せず、端整な横顔に微笑みを浮かべていた。

四季のある日《ひ》の本《もと》で暮らしていれば、夏が暑いのは当たり前。

かつて主従が出会ったことのあるオランダ商館員曰く、外国《とつくに》には一年じゅう夏ばかりで、半端でなく夕立が降る国も数多いという。こうして四季の移り変わりを楽しむことができるのは、むしろ有難いというもの。

「ホースト殿は達者にしておられるかのう」

「あやつのことですから、本国に立ち返りても呑気《のんき》に女の尻など追うていることでありましょう」

「ふっ。英雄色を好む……か」

頭上に浮かぶ入道雲を振り仰ぎつつ、意行と兵四郎は微笑み合う。

ハンス・フリッツ・ホーストという青い目の若きサムライと二人が出会ったのは昨年三月のことだった。

長崎の出島《でじま》でカピタン（甲比丹）と呼ばれるオランダ商館長の護衛役を務めるホーストは、大小の剣を用いる西洋剣術の名手。二歳違いの兵四郎とは、人種と立場の違いを越えた友情を結んでいた。

白鳥濠《しらとりぼり》が陽光に煌《きら》めく。

江戸城は広い。

総面積、実に三十万六千七百六十坪。

二人が出てきた本丸の敷地だけで三万五千坪近くもある。小大名の藩邸ならば庭まで含めて、すっぽり収まってしまうほどの広さ。

白鳥濠は広大な御曲輪《おくるわ》内のちょうど真ん中辺り、本丸と二の丸の間に掘られている。名前に反して白鳥の姿は見当たらず、水面にはさざ波が立つばかり。

炎天下を吹き渡る風が心地よい。

「幾分《いくぶん》涼しゅうなったの」

「はい」

「奥が麦湯《むぎゆ》を冷やしてくれておるはずじゃ。早《はよ》う屋敷に戻りて一服しようぞ」

「心得ました、殿」

兵四郎は先に立ち、挟箱を揺すり上げて歩き出す。

そこに潑剌《はつらつ》とした声が聞こえてきた。

「おーい、兵四郎ー!」

駆け寄ってきたのは、月代《さかやき》の剃《そ》り跡も凛々しい美少年。

目鼻立ちがくっきりとしていて、見るからに覇気《はき》が充実した印象。

「若様?」

「しばらくだったなぁ」

白い歯を見せる少年の名は柳生矩美《やぎゅうのりよし》、十四歳。

兵四郎とは親しい仲の、大和柳生藩の養嗣子《ようしし》である。

柳生藩は一万石の小大名ながら、歴代将軍に剣術を指南《しなん》する立場。矩美は養父の薫陶《くんとう》を受け、将来の将軍家剣術師範として日夜《にちや》修行に励んでいた。

「相変わらず、おぬしは色が黒いのう」

そう言う少年のほうも兵四郎に負けず劣らず、真っ黒に日焼けしている。

「若様には水練《すいれん》（水泳）にも励んでおいでのご様子ですね」

気を悪くするでもなく、兵四郎は笑顔で告げる。

「暑さしのぎには一番だからなぁ」

打ち解けた態度で少年は微笑む。

しばらく会わぬうちに、矩美は元服を済ませていた。

前髪立ちの頃には頬に産毛《うぶげ》が目立ち、顔付きも幼顔《おさながお》だったものだが、すっかり武士《もののふ》らしい外見になっている。

六尺近い兵四郎にはまだまだ及ばぬが、背も伸びていた。四肢も見違えるほど太さを増し、日々の稽古に手を抜くことなく取り組んでいると察しが付く。そうやって藩邸内の道場で剣術の腕を鍛えると同時に水練にも励んでいれば、全身が均等に鍛えられるというもの。

「まこと、逞《たくま》しゅうなられましたな」

充実した成長期を過ごす少年に、兵四郎は感服して言った。

兵四郎が矩美と知り合ったのは、昨秋のこと。

命を狙われた現場に偶然出くわし、精強の刺客を撃退したのだ。

その刺客と兵四郎の因縁は未だに続いているが、矩美の身辺から危険が去ったのは喜ばしいことだった。

片や天下の柳生藩の後継ぎ、片や小旗本に仕える若党と立場こそ違えど、矩美と兵四郎の間には揺るぎない友情が育まれていた。

なればこそ、こうして顔を合わせれば親しく言葉を交わすことになる。

しかし、場を弁《わきま》えることも必要だ。

行き交う者がいなくても、ここは江戸城本丸前。一介の若党が、畏《おそ》れ多くも将軍家剣術師範の若君を相手に馴れ馴れしい口をきいては示しが付かぬ。

「これ兵四郎、ご挨拶もせずに無礼であろう」

意行は兵四郎を促し、矩美へ向かって恭《うやうや》しく一礼する。

「ご無礼を仕りました若君。中奥にて小姓を相務めます田沼にございまする」

「おぬしのことは存じておるぞ」

矩美は目礼を返しつつ、子どもらしく無邪気に問いかける。

「小姓組の中でも、上様の覚えが抜きん出て目出度《めでた》いそうだな？」

「滅相《めっそう》もありませぬ」

意行は慇懃《いんぎん》に、それでいてはっきりと言上《ごんじょう》する。

吉宗から贔屓《ひいき》にされているのは事実とはいえ、ここで下手に頷いてしまえば話が広まってしまい、同輩たちから何を言われるか判ったものではない。あくまで毅然《きぜん》と、礼を失することなく打ち消さなくてはならなかった。

ここは話題をすり替えるのが上策。

「時に若君、本日は何故のご登城にございますか」

「義父《ちち》上に呼び出されたのだ。そろそろ見えるであろう」

さりげなく問いかけた意行に、矩美は快活な口調で答える。

そこに裃《かみしも》姿の男が一人、ゆっくりと歩み寄ってきた。

「あっ、義父上！」

矩美の呼びかけに、男はにこりともせず頷き返す。

身の丈は意行と同じぐらいだが、腕も足も目立って太い。乱世の武者を彷彿《ほうふつ》とさせる、見るからに頑健そうな体付き。

太い猪首《いくび》の上に載った顔も厳《いか》めしい。

えらの張った、頑固そのものの面構《つらがま》え。

男の名は柳生備前守俊方《びぜんのかみとしかた》、四十六歳。

将軍家剣術師範を代々務める、大和柳生藩の五代藩主である。

毎日午前中に出仕し、昼餉《ひるげ》前に指導を行うのが師範の務め。今日も殿中の吉宗専用の稽古場で役目を果たしてきたところだった。

意行と兵四郎は、さっと直立不動の姿勢を取る。

「お役目ご苦労様にございまする、御指南役様」

「そなたも宿直明けであろう。暑中に大儀であるな」

慇懃に挨拶する意行に、俊方はいかつい顔を綻《ほころ》ばせて微笑み返す。余人を寄せ付けぬ強面《こわもて》が、たちまち柔和なものに一変した。

兵四郎に向けた視線も、穏やかそのもの。

「その節は愚息が世話になったの」

「は、ははっ」

「また屋敷へ遊びに来てはもらえぬか。齢《とし》の近き門人もおらぬ故な、矩美の話し相手になってくれれば幸いじゃ」

「こ、心得ました」

折り目正しく答えつつ、兵四郎はふっと口の端《は》を綻ばせていた。

外見こそ厳めしいが、俊方は優しい人柄だった。

大名であれ旗本であれ、小姓になど目も呉《く》れぬのが当たり前。

まして、その小姓に仕える若党など空気のような存在のはず。

しかし、俊方は違う。

かつて息子の命を救ってもらったのをいつまでも恩義に感じ、こうして兵四郎と顔を合わせるたびに、親しく声をかけてくれる。

将軍家の剣術師範は、腕さえ立てば全うできる役目ではない。日の本の六十余州を統《す》べる天下人を指南するにふさわしい、高潔にして大らかな人柄がまず第一に求められる。

その点、俊方は申し分のない人物だった。

大和柳生藩の五代藩主である俊方は、自身も養嗣子上がりの師範役。同じ立場の矩美を能く鍛える一方で、自らに課した独り《ひと》稽古も怠らずにいる。その実力の程は、将軍の側近くに仕える意行も承知の上。

むろん、優れているのは剣の技倆《ぎりょう》だけではない。

代々の柳生藩主は歴代将軍に対し奉り、為政者が修めるべきは人を殺すための殺人刀《せつにんとう》ではなく、生かすための活人剣《かつじんけん》であるべしと説いてきた。合戦で敵を討ち取るのに行使された技を封印し、太平の世にふさわしく心身を鍛え、胆力《たんりょく》を錬ることを念頭に置いた剣術修行を課してきた。

俊方の吉宗への指南も同様であった。

もとより、吉宗は十分に鍛え上げられた身。

新之助《しんのすけ》と呼ばれていた若年の頃から武芸の修練に打ち込んでおり、今でも剣を取っては凡百《ぼんぴゃく》の者に引けを取らない。

紀州藩に在《あ》った当時、いつも稽古相手をしていた意行は、主君の抜きん出た腕の程を知り抜いている。

強いか弱いかと言えば、吉宗は強者《つわもの》。

磨きを掛けるべきは、むしろ精神面。

学び修めた剣術を殺人の技とせず、刀も神聖な存在として扱ってほしい。

紀州藩士から直参旗本に取り立てられたばかりの頃から、意行はそんな懸念を常々抱いていた。

吉宗は知勇《ちゆう》兼備で心身共に健全な質《たち》ではあるが、刀を武具と見なす傾向が強いのが玉に瑕《きず》。将軍家が代々秘蔵してきた名刀群への関心も深い。腰物《こしもの》奉行に試し切りを命じ、いつも罪人の血に濡れたまま持参させては興味津々で飽かず眺めるのが習慣となっている。

武士ならば、優れた武具に興味を持つのは当然のこと。

しかし、吉宗は並の武士ではない。

旗本八万騎を率い、日の本の諸大名を従える征夷大将軍なのだ。

一兵卒《いっぺいそつ》のように刀を人斬り庖丁と見なしたりせず、邪を払う神器《じんぎ》としての部分を重んじてはもらえぬものか。

王者は自らの手を血で汚してはならないし、刀を血塗らせてもいけない。

血気盛んなのは結構だが、剣術と刀に、もっと高みに立って接してもらうことはできないだろうか——。

そんな意行の陰ながらの期待に、俊方は能《よ》く応えてくれた。

俊方は柳生新陰流の剣技を吉宗に指南する一方で、折に触れて新陰流の開祖である上泉伊勢守信綱《かみいずみいせのかみのぶつな》の逸話を説いてきた。

戦国乱世の剣聖として讃えられる信綱は人斬りを好まず、稽古や試合において相手を殺してしまうのを避けるために『ひきはだしない』と称する、割れ竹を革でくるんだ打物《うちもの》を考案したことで知られる人物。その『ひきはだしない』は後の世に至るまで、新陰流の流れを汲む諸流派で使用されている。

木刀でがんがん打ち合うのに慣れた吉宗は、一昨年に俊方の指南を受け始めた当初こそ『ひきはだしない』を用いるのに違和感を示していたものだが、今では新陰流独自の活人剣の思想ともども素直に受け入れ、王者の剣とは人を斬るのが目的ではないと正しく理解してくれている。

将軍家秘蔵の名刀についても試し切りをさせるのは相変わらずだが、血濡れた刀身に憑《つ》かれたような目で魅入《みい》ることはなくなっていた。

俊方はよくやってくれた。

一介の小姓にすぎない意行では、苦言《くげん》を呈《てい》しただけで切腹ものだったはず。周囲の誰も諫《いさ》めることができなかった吉宗の血気盛んすぎる部分を、剣術師範という立場から見事に正《ただ》してくれたのだ。

若き八代将軍の将来を案じて止まずにいた意行ら紀州藩士上がりの旗本たちは一様に安堵し、指南役の俊方に感謝の念を抱いている。

そんな感謝の念が、意行に慇懃な態度を取らせずには置かない。

「御指南役様、本日は午後もお務めにございましたな」

「うむ。上様の御慰《おなぐさ》みのお相手をな」

俊方も生真面目な口調で答える。

政務について諮問《しもん》してくる老中が昼九つ半（午後一時）に下城すると、将軍は閑《ひま》になる。もちろん公務のある日は休めないが、何もなければ空いた時間を「御慰み」と称し、好きなことをしていられるのだ。

今日の吉宗は、昼から予定が空いているはず。

それで剣術師範の俊方を居残らせ、午前中の通常稽古に続いて午後も一汗流すつもりなのだろう。

それにしても、矩美を同行させるとは珍しい。

「御指南役様、若様には見取り稽古（見学）を……？」

「いや。上様のご下命じゃ」

「上様の？」

意行は怪訝《けげん》な表情を浮かべた。

将軍に拝謁することができる御目見得の立場とはいえ、まだ師範職を継ぐまでには至らない、十四歳の少年をわざわざ登城させたのは一体なぜだろうか。

「ご所望とあれば是非もないからの……されば、失礼いたす」

と、俊方は二人に目礼して歩き出す。吉宗の意向を承知していながら、敢《あ》えて明かさずにいるという態《てい》だった。

そんな義父の後に続きながら、矩美は兵四郎に向かって明るく呼びかける。

「屋敷で待っておるからな、近々また会おうぞ！」

無邪気な笑顔に、兵四郎は黙って微笑み返す。

矩美との交流は心地よいものだった。

むろん、相手が天下の柳生の若様となれば礼を失するわけにはいかない。

たとえ矩美が許そうとも、常に折り目正しく振る舞うことが求められる。将軍家剣術師範の次期候補であり、大名家の後継ぎでもある少年に対し、自分は三百俵取りの小旗本に仕える、一介の若党に過ぎないからだ。

しかし、そんな身分の違いを兵四郎はまったく苦にしていなかった。

あるじの意行に伴われて江都に出てきて以来、兵四郎はさまざまな人々と交流を持ってきた。市井の不良連中と友達になり、町家《ちょうか》の娘と恋仲になり、武家でも本来ならば足元にも近寄れぬ上《うえ》つ方《かた》のお歴々と、さまざまな事件を通じて親睦《しんぼく》を深めていた。

その結果、実感したことがひとつある。

出来た人物は、身分の上下で人の値打ちを決めつけたりはしない。

柳生の父子も同様だった。

俊方も矩美も、兵四郎をまったく軽んじていない。

いつまでも命の恩人だからと気を遣うばかりでなく、白羽兵四郎を一人の人間として認め、きちんと向き合ってくれている。

兵四郎は年に三両一分の薄給を得ているだけの武家奉公人にすぎない。

そんな境遇を不満とするならば田沼家を早々に見限り、腕に覚えの技に物を言わせて、太く短く世間を渡ろうと考えるはず。

されど、兵四郎は道を踏み外したいと考えたことなど一度もなかった。

今以上に何を求める必要があるのか。本心から、そう思っている。

兵四郎は双親《ふたおや》の顔を知らない。

唯一の肉親だった祖父と十歳のとき死に別れ、田沼夫婦に引き取られて、息子同様に育てられた身。

もしも意行が拾ってくれなければ、きっと無頼の徒に成り果てていたはず。悪の道で大成できるだけの技術を、兵四郎は幼くして身に付けていたからだ。

その技とは、忍びの術。

紀州生まれの兵四郎は百年余り前の戦国乱世に密かに恐れられた、忍びの一族の末裔《まつえい》であった。

乱世の大名は、それぞれ地元の忍者集団を召し抱えていた。紀伊国にも有名な根来衆《ねごろしゅう》と雑賀衆《さいかしゅう》をはじめとする幾つもの忍群《にんぐん》が存在しており、そのうちの紀州流が乱世の終焉《しゅうえん》後も重用され、吉宗が創設した御庭番の中核を担って江戸城を警固《けいご》している。

兵四郎の一族は、紀州忍群の中でも傍流《ぼうりゅう》である。

傍流といっても、埋もれた立場だったわけではない。

むしろ戦国乱世には幾多の忍群の中でも別格と見なされ、地元の紀州に限らず諸国の大名から重く用いられると同時に、大変恐れられてもいた。

乱世の忍びは諜報活動を命じられるだけでなく敵方の要人を暗殺し、闇に葬ることも時として求められた。兵四郎の一族はそういった暗殺業に特化した、凄腕の刺客集団だったのだ。

ところが戦国の世が終焉したとたん、用なしになってしまった。

伊賀者しかり甲賀者しかり、他の忍群は引き続き大名に召し抱えられたというのに、一族の存在そのものが無視されたのである。

再雇用の道が閉ざされたのは、なまじ暗殺になど専従していたためだった。血で血を洗う乱世ならば、暗殺という非常手段で大名間の紛争を解決するのもやむを得ぬ話。際限なく合戦を繰り返して消耗するよりも、いっそのこと敵方の要人を葬り去ってしまったほうが早いからだ。

しかし関ヶ原の戦いで東軍《とうぐん》が勝利し、大坂の陣で豊臣氏が滅亡したことで諸国の大名たちは牙を抜かれてしまった。徳川将軍家に反逆したところで歯は立たぬと諦め、もはや天下取りなど不可能と悟るに至った。

そうなれば、暗殺に長《た》けた忍びなど真っ先に用なしである。

兵四郎の祖父は乱世の末期に生まれ、最後の殺しの天才として一族の中で畏怖《いふ》された人物だった。もしも関ヶ原に間に合っていれば東軍の主だった武将たちを暗殺してのけ、西軍《せいぐん》を逆転勝利させることができたかもしれないと言われたほどの逸材であったが年には勝てず、ひとり娘を一族の若い頭領に嫁がせた後は山奥に引き込み、炭焼きをして余生を送っていた。

その娘夫婦が命を落としたのは、兵四郎が生まれたばかりのときだった。

さる大名家から暗殺を頼まれて仕損じ、頭領は現場で殺されたが、その妻——兵四郎の母親は口を封じられる寸前に辛くも脱出。乳飲み子の兵四郎を抱いて何とか山奥まで辿り着いたものの、産後間も無い身で無理をしたことが祟《たた》って落命してしまった。

かくして遺《のこ》された兵四郎は祖父と二人きり、紀伊山中で成長した。

厳しい忍びの修行を課せられて野山を駆け巡り、いつ命を落としてもおかしくない苛酷《かこく》な日々を送った末、十歳になる頃には一族秘伝の術をほとんど受け継ぐに至ったものだった。

狩りをしに山中へ分け入ってきた意行とたまたま出会ったのは、祖父が老衰で亡くなった直後のことである。

折しも兵四郎は破傷風《はしょうふう》で動けなくなっていた。

もしもあのまま放っておかれたら、たとえ生き長らえても兵四郎は天涯孤独になってしまったわが身の不幸を嘆き、やけを起こして忍びの術を悪用しまくっていたことだろう。生前の祖父との約束——忍びの者は私欲を満たすために術を使ってはならぬという誓いなど放棄し、太く短く世を渡ってやればいいと悪心を抱いて、手っ取り早く稼ぐことができる盗っ人稼業でも始めていたに違いない。

そこに歯止めを掛けてくれたのが、命の恩人の田沼意行だった。

意行は回復した兵四郎が山野を駆ける常人離れした体捌《たいさば》きに瞠目《どうもく》し、この技を悪しきことに用いさせてはなるまいと考えて手許に引き取り、新婚間もない身であったにも拘《かか》わらず、わが子同様に育ててくれたのだ。

大恩《だいおん》ある田沼夫婦を裏切っては、罰《ばち》が当たる。

その一念で兵四郎は生きてきた。

年に三両一分の給金しか貰えなくても、まったく不満はない。

あるじの意行と愛妻の辰《たつ》、そしていずれ夫婦の間に恵まれるであろう子どものために、誠《まこと》を尽くしていきたいと願っている。

そんな兵四郎の素直な性分を、周囲の人々は愛して止まなかった。

皆に好かれる理由は、その素直さだけではない。

兵四郎は老若男女を問わず、縁あって知り合った者たちのために、救いの手を差し伸《の》べることを厭《いと》わぬ質だった。

あくまで自分にできる限りの範囲ではあったが、苦境に立たされた人を助けずにはいられない。

兵四郎にしてみれば、恩返しのようなものである。

もしも意行に拾われていなかったら、自分は外道に成り果てていたはず。悪の道に揺らぎかけている、あるいは悪の犠牲になりかけている人々を持てる力で救えるならば、労を惜しみたくはない。

そう思えばこそ、兵四郎は特命にも命を懸けて励んでいた。

あるじの意行が吉宗の上意を奉《ほう》じて為《な》す、影の御用を遂行しているのだ。

表向きは一人の小姓でしかない意行だが、裏では特命集団を束ねている。

吉宗の意を汲み、公《おおやけ》の裁きを逃れた悪を成敗するのだ。

紀州の地で生まれ育った吉宗にとって、一昨年に着任した当時の江都は未知の土地であった。徳川将軍のお膝元でありながら、隅々まで知り尽くしているわけではなかったのだ。

もちろん市中の事件の解決には町奉行所が動くのだが、いつの世にも裁かれることなく暗躍する輩《やから》は絶えず、力なき庶民が犠牲になるばかり。

日の本六十余州を統べる将軍が、一番のお膝元たる江都の安寧《あんねい》を守れなくては話にもなるまい。

吉宗はそう決断し、紀州藩時代から信頼を預ける意行に密命を下したのだ。

兵四郎と今一人の相棒を加えた、総勢三名の特命集団はこれまでに幾多の悪を葬り去ってきた。

討ち滅ぼしたのは、いずれも人を人と思わぬ外道ばかり。

そして最近は、吉宗暗殺に放たれた刺客たちとの抗争が激化しつつある。

黒幕《もく》と目されるのは尾張《おわり》藩。

尾張藩主の徳川継友《つぐとも》は、かつて吉宗と八代将軍の座を争った仲。当人は気弱な質だが、末弟の宗春は油断のできぬしたたか者で、刺客の黒幕である線が濃厚。

兵四郎たち特命集団は尾張藩の動向に注意し、他の悪党始末を順次遂行しつつ藩邸の人の出入りに目を光らせている。

いずれにしても、気を抜いてなどいられない。

今日も田安御門内の組屋敷に戻ったら小休止の後、今一人の相棒と共に市中の探索に出向く段取りになっていた。

しかし今、兵四郎は矩美のことが気がかりだった。

将軍の御前《ごぜん》に召し出され、一体何をさせられるのだろうか。

もとより、矩美は無邪気な質である。無礼な真似をしてしまい、吉宗の勘気《かんき》に触れては一大事。

そんな想いが、迂闊《うかつ》にも顔に出たらしい。

「気になるのか、兵四郎」

「は……」

ちらりと振り向き、兵四郎はばつの悪い顔で答える。

と、その耳朶《じだ》を意外な一声が打った。

「ならば、後から参れ」

「よろしいのですか、殿？」

「私は先に帰っておる故、ゆるりと戻ってくるがいい……」

去り際に一言耳打ちし、意行は歩き出す。

その背に向かって一礼し、兵四郎は挟箱を下ろした。

さりげなく物陰に隠して、さっと身を翻《ひるがえ》す。

向かった先は吹上御庭《ふきあげおにわ》。意行の話によると吉宗は好天の下、午後からはあちらで稽古に励むつもりとのことだった。


吹上御庭で蟬が鳴いていた。

江戸城の北西にある吹上御庭は、十三万坪余りの広大な庭園である。

園内には三つの大池があり、周囲に茶亭と腰掛が幾つも設《しつら》えられていて、四季折々の景観が楽しめる。

その他にも馬術や弓術、砲術の稽古をするための演習場が置かれており、武芸好みの吉宗が専《もっぱ》ら利用するのは遊園の施設よりもこちらのほうだった。

柳生父子は先に着到し、吉宗を待っている。

俊方の傍《かたわ》らで、矩美は父のために『ひきはだしない』を捧げ持っていた。共に無言で芝生に跪《ひざまず》き、静かに心気《しんき》を整えている。

屋外で稽古を行うのは、他ならぬ吉宗の所望だった。

江戸市中では有名無名の剣客が稽古場を構えて門人を集め、束脩《そくしゅう》（入門料）と月々の謝礼を徴収して指南することが商売として成り立ちつつある。柳生新陰流の場合は将軍家の御流儀《おりゅうぎ》であるのを重んじ、大々的に弟子を取ることを控えてはいるが、やはり屋内に道場を設けていた。

しかし剣術とは本来、野天《のてん》を駆け巡って立ち合うのが前提。狭い板の間で木刀を交えるばかりでは、実戦の足捌きが養えないという発想がある。

吉宗は時に余裕がある限り、屋外で稽古をすることを常々望んでいた。政務が押していて慌ただしい日には中奥内で軽く済ませるにとどめるが、今日のようにたっぷり時間が使えれば、思うさまに御庭で木刀を振るいたいのだ。

もとより、剣術師範の俊方も異を唱えはしない。

願わくば太平の世にふさわしく、限られた空間で立ち合う道場剣術のみを指南したいところだが、吉宗は実戦で用いることができてこそ兵法《ひょうほう》であるという発想が根強かった。なればこそ、屋外で立ち合うことにこだわる。

かつては合戦場で重たい甲冑《かっちゅう》を着けて戦うため、自然と足幅を拡げて腰を低くした体勢を取る「沈《ちん》なる身の兵法」であった柳生の剣も、太平の世では直立して軽快に立ち回る「直立《つったつ》たる身の兵法」に変化している。

さすがの吉宗も、そこまで乱世の昔に戻せとまでは言わない。あくまで自分は学ぶ立場であると承知の上だからだ。

そうやって妥協してくれている以上、せめて稽古をする場だけでも、実戦の剣を第一とする吉宗の希望に添って差し上げなくてはなるまい。

かかる発想の下で、俊方は剣術師範のお役目を務めていた。

「……しかと見取りをせい」

「はっ」

義父のつぶやきに、矩美は生真面目に答える。

俊方はこの機会を生かし、屋外における立ち合いのこつを見取らせてやりたいと考えていた。

たしかに吉宗が言う通り、屋内の稽古場にて立ち合うばかりでは足りない。

刀とは好んで抜いてはいけないものだが、いざとなれば屋内外を問わず、出《しゅっ》来《たい》した危機に対処することが求められる。板の間でしか戦えないなどと敵に言い訳をするわけにはいかないのだ。

矩美には若年のうちに、実戦に近い剣術の形《かた》を学ばせておく必要がある。

理由は、吉宗にとって満足のいく剣術師範にするためだけではない。江戸柳生こと大和柳生藩に降りかかりつつある火の粉を払うためには、この少年も刀を取って戦うことが避けられないと予感していたからだった。

「……………」

押し黙ったまま、俊方は目を閉じる。

そんな義父の姿を、矩美は静かに見守っている。

そこに待ち人が姿を現した。

徳川吉宗、三十五歳。

若き八代将軍は精悍な顔立ちをしていた。身の丈は五尺二寸（約一五六センチメートル）。当時の成人男性の標準にほぼ等しい。

上背《うわぜい》が並でも、そこは天下人。際立った貫禄の持ち主であった。

付き従うのは裃姿の旗本が一人きり。

がっしりした体付きで、背も高いが首も太い。その猪首に乗っかっているのは生後三月《みつき》ばかりの赤ん坊を思わせる、福々しい童顔だった。

面長だが顎がまるく、頬もぽっちゃりしていて愛らしい。

その名は大岡越前守忠相《おおおかえちぜんのかみただすけ》、四十二歳。

昨年二月に数寄屋橋《すきやばし》御門内の南町奉行所に着任し、名奉行の評判を欲しいままにする大岡は、かつて伊勢と和歌山一帯の天領（幕府の直轄領）を管理する山田《やまだ》奉行の職を務めていた。紀州藩主だった吉宗とは当時から面識があり、その能力を見込まれて町奉行に抜擢された身であった。

江戸の町奉行は北町、南町、中町《なかまち》の三奉行所制が採られており、月番《つきばん》と称して一月ずつ交代で市中の刑事と民事を司《つかさど》る。奉行たちは毎朝四つ（午前十時）前に登城し、昼八つ（午後二時）まで城中にて執務する。大岡もいつもであれば早々に奉行所へ立ち戻り、配下の与力に指示を与えなくてはならないはずだが、今月は月番ではないために余裕があるらしい。

大岡は小姓たちに成り代わり、張り切って吉宗の介添えを買って出ていた。

「上様、どうぞ！」

差し出す『ひきはだしない』を受け取り、吉宗は柳生父子に視線を向ける。

「そなた、矩美と申したか」

「は、ははっ」

将軍から直に声を掛けられ、矩美は慌てて平伏する。

その頭上から、意外な一声が降ってきた。

「本日はそちに相手をしてもらおう」

「は……？」

当の矩美のみならず、大岡と俊方も呆気《あっけ》に取られる。

しかし、吉宗は涼しい顔。

流れる汗をぐいっと袖口で拭うと、左手に『ひきはだしない』を提げ持つ。

「苦しゅうない、参れ」

「ぎ、御意」

吉宗の呼びかけに応じ、矩美は立ち上がった。

足が震えているのも当然だろう。

藩邸内の道場で、年嵩《としかさ》の門人たちを相手取るのとは話が違う。

相手は征夷大将軍。武家の棟梁。

正式に剣術師範のお役目を仰せつかってもいないのに、いきなり立ち合うように命じられては、心の準備もできていない。

それでも、逃げるわけにはいかなかった。

自分は江戸柳生の後継ぎと見込まれて、養嗣子に迎えられた身。代々のお役目に泥を塗ってはなるまい。

震える足を踏み締めて、矩美は進み出る。

間合いを取って向き合い、二人は相互の礼を交わした。

同時に左脚を半歩踏み出し、すっと頭上に振りかぶる。

柳生新陰流で雷刀《らいとう》と呼ばれる、大上段の構えだ。

「参ります！」

両のつま先が揃った瞬間、矩美は決然と打ちかかった。

迫る一撃に応じ、吉宗は『ひきはだしない』を打ち込んでいく。

刹那《せつな》、ばしっと矩美の頭が音高く鳴る。

一方、矩美が打ち下ろした『ひきはだしない』は、吉宗の眼前すれすれで止まっていた。

両者が仕掛けた太刀筋は、まったく同じだった。吉宗は矩美の面打ちに真っ向から応じ、すかさず同じ太刀筋で押さえるように打ち込んで制したのだ。それは合撃《がっしうち》（合し打）と呼ばれる、柳生新陰流独自の戦法であった。

吉宗は無言で『ひきはだしない』を戻す。

対する矩美も黙ったまま元の位置に戻り、打物を構え直す。

炎天の下、両者の立ち合いは続いた。

基本の勢法稽古《かた》で合撃を鍛えた後は、新陰流に伝わる四十一本の技に移る。

燕飛《えんぴ》、六本。

七太刀《ななつのたち》、七本。

三学円《さんがくえん》の太刀、五本。

九箇《くか》の太刀、九本。

天狗抄《てんぐしょう》、八本。

奥義《おうぎ》の太刀、六本。

「はぁ……はぁ……」

「何とした？　早く参れ」

息を乱す一方の矩美に、吉宗は平然とした面持ちで告げる。

少年剣士の打ち込みは一太刀も、かすめることさえできぬまま。

それも無理のないことだった。

立ち合いは白熱し、吉宗は広い庭園を駆けながら得物《えもの》を振るっていた。むろん矩美も相手に合わせて起伏のある丘を走り、池に踏み込んで『ひきはだしない』を合わせていかなくてはならない。整備が行き届いた吹上御庭とはいえ、炎天下で小半刻（三十分）も駆け巡っていては、疲労困憊《こんぱい》するのも当然のこと。

体力の差もあろうが、稽古量そのものが違う。

江戸柳生の指南を受けるようになったのは一昨年からとはいえ、吉宗は若年の頃から剣術のみならず弓術に馬術、さらには砲術にも励んできた身である。すべて屋外で稽古するのを前提とし、むろん炎天下でも長い時間に亘って耐えられるように体を鍛え上げていた。

「さ、そこで廻《まわ》し打ちじゃ！」

吉宗は言葉少なに、かつ的確に指示を与え、へたばりかけた矩美を誘う。指南を受ける立場のはずが、いつの間にか教える側に廻っていた。

そんな光景を前にして、大岡はふっと微笑む。

一方の俊方は静かな面持ちのまま、立ち合う二人を見守っている。

もはや戸惑いはない。

なぜ吉宗が矩美を召し出したのか、その真意を悟っていたからだ。

江戸柳生に不穏な影が迫りつつあることは、すでに吉宗も承知している。

敵の正体についても、おおよその察しは付いているはずであった。

されど、将軍家として相手を罰することはできかねる。

同じ徳川の一族に対して強権を発動すれば遺恨を残すのみならず、諸大名にも動揺を与える結果につながるからだ。

ならば、せめて幼い矩美が危機を回避できるように、実戦に近い足捌きを養う機会を与えてやりたい。吉宗はそう思い立ち、屋外での稽古を口実として実践に移してくれたに違いなかった。

そんな思いやりに、俊方はただただ感謝するより他にない。

江戸柳生は将軍家の剣術師範という代々のお役目に縛られ、どうしても王者の剣たる活人剣を重んじる心得が不可欠だ。

しかし今、江戸柳生は危機に晒されている。

敵は殺人刀を行使するのを憚《はばか》らず、柳生の門人たちを殺害して廻っている。

立ち向かうためには当主の俊方だけでなく、最年少の矩美も真剣で戦う覚悟が必要なのだ。

それでも活人剣を尊ばなくてはならない立場上、俊方としては殺人刀を門人に解禁するわけにはいかない。養嗣子の矩美に対しても、またしかり。

吉宗はかかる事情を汲み取り、真剣を持たせるまでには至らずとも、屋外にて立ち合うことの厳しさを少年剣士に実感させようと試みたのだ。

真剣勝負は先手を取られてしまえば一太刀でお終《しま》いだが、稽古ならば何遍でも繰り返し立ち合える。まして柳生新陰流の打物は安全性を第一とする『ひきはだしない』である。

吉宗は膝を曲げて上体を沈めながら『ひきはだしない』を旋回させ、矩美の柄の半ばを打つ。奥義の太刀『神妙剣《しんみようけん》』の締めであった。

「ま、参りました……っ」

倒れ込みそうになりながらも、矩美は懸命に上体を起こす。最後までくじけることなく、四十一本の技の打太刀《うちたち》——相手役を全うしたのだ。

莞爾《かんじ》と微笑み、吉宗は手を伸ばす。

「も、勿体《もったい》のうございまする」

「苦しゅうない」

恐縮しきりの矩美の肩を支えてやり、吉宗は傍方の傍らまで連れて行く。

「よき指南をしてもろうた。礼を申すぞ」

「お、恐れ入りまする……」

傍方は平伏したまま、感謝の涙を浮かべずにはいられなかった。

吹上御庭の植え込みの陰に、兵四郎が身を潜めていた。

隠形《おんぎょう》の術を用いて気配を消し去り、稽古の一部始終を見守っていたのである。

「……」

事の顛末を見届けて、兵四郎はふっと安堵の吐息を漏らす。

と、その背後に長身の影が迫り来た。

「！」

向き直るより早く、がっと両肩を押さえ込まれる。

相手の中年男は伸びやかな長身に、お仕着せの野良着をまとっていた。

上背があるだけでなく、胸板も分厚い。細身ながら四肢が太く、薄い木綿地が汗で体に貼り付き、鍛え込まれた全身の筋肉を浮かび上がらせていた。

「甘いぞ、兵四郎。儂《わし》が敵ならば、おぬしの一命は尽きておる……」

男は淡々と告げてくる。

「面目次第もありませぬ、藪田《やぶた》様」

「愚か者めが」

声を低めて叱りつける男の名は、藪田定八《さだはち》。

江戸城の内外で将軍の身辺を守る一方で諸国へ出向き、大名の内情を探る探索御用に従事している御庭番十六家の頭領だ。

御庭番は正式には締戸番《しめとばん》と称され、表向きは吹上御庭をはじめとする江戸城の御庭の管理を担っていた。

ふだんは忍び装束など着けず、こうやって木綿地の野良着姿でお役目に就いているので、真のお役目を知らぬ者たちの目には只《ただ》の小者としか映らない。

しかし、実態は違う。

頭領の定八は紀州忍群の名家の出であり、兵四郎も及ばぬ術者。油断した隙を突かれたのも無理からぬこと。

締め上げられた肩は、まるで動かせない。下手に逃れようとすれば、このまま関節を外されてしまうに違いなかった。

兵四郎とはかねてより昵懇《じっこん》の間柄とはいえ、勝手に御庭の奥深くに入り込んだとなれば咎《とが》めるのは当然。このまま成敗されても文句の言えぬところ。

「は、離してくだされ」

「ならぬ」

兵四郎の懇願《こんがん》に応じず、定八は御庭から引き上げる吉宗らを見守るのみ。

その周囲には配下の御庭番衆が身を潜め、他に不審者が入り込まぬように結界《けっかい》を張っていた。兵四郎はこの囲みを、気配を消して潜り抜けてきたのだ。

「我らの結界を破りしは見事なれど、詰めが甘いの。かように気を抜けば隠形が解けるのも当たり前であろうが？」

「柳生の若様がご無事にお稽古を終えられて、つい……」

「仕様のない奴じゃ」

ふっと苦笑し、定八は締め上げた肩から手を離す。

「おぬし、あの若君によほど肩入れしたいらしいな」

「お判りになりますのか、藪田様？」

「お稽古ぶりを拝見する様が、弟でも見ているようだったからのう」

「そんな、弟だなんて畏れ多いことですよ」

「左様に心得ておるならば大事あるまい。陰にて謹んで御守りすることじゃ」

そう告げる定八の口調からは険しさが消えていた。

「さ、早《はよ》う帰れ。田沼殿に心配をかけてはならぬぞ」

「はっ」

一礼して去り行く若者を、定八と御庭番衆は笑顔で見送っていた。

第二章　尾張暗殺陣・前編

一

　このところ、江都では血生臭い事件が相次いでいた。

　夜道で襲撃され、無惨に斬り殺されたのは旗本ばかり。しかも一千石を超える大身の当主や跡取り息子ばかりが狙われている。

　旗本は将軍家直属の家臣であり、いざ合戦となれば徳川軍の主力となって最前線に立つ身。それが続けざまに幾人も、行きずりの辻斬りごときに手も足も出ず殺害されたとあっては、公儀の威信が揺らいでしまう。

　さらに一つ、憂慮《ゆうりょ》すべき点があった。

　正体不明の辻斬りは柳生一門を狙って事を起こした。

これまで兇刃に斃《たお》れた五名の旗本は皆、将軍家剣術師範たる柳生備前守俊方の直《じき》弟子たち。

いずれも名家の出だったが誰も刀を抜き合わせることさえできず、一刀の下に斬殺されてしまっていた。

名門流派の剣を学んでいても、誰もが腕利きとは限らない。

辻斬りは狡猾《こうかつ》にも、未熟な者を選んで襲撃を繰り返していたのだ。

このままでは直参旗本の、そして江戸柳生の面目は丸潰れ。

何としても汚名を雪《すす》がなくてはならぬ。

「慮外者《りょがいもの》め、我ら直参を舐《な》めおって！」

「返り討ちにしてくれるわ！　来るならば、来い！」

口々に怒りの声を上げながら、大川端《おおかわばた》を旗本の一団が行く。

頃は夜四つ（午後十時）過ぎ。市中の町境《まちざかい》を仕切る木戸は閉じられ、出歩く者も絶える頃合い。

足拵《あしごしら》えは軽快な草鞋《わらじ》履き。

絹物の単衣《ひとえ》に革襷《かわだすき》を掛けて両袖をたくし上げ、斬り合うときの邪魔にならないようにしていた。

頭には、血止めと汗止めを兼ねた鉢巻きをしている。

物々しい斬り込み装束に身を固めた五人組は、自ら辻斬り退治を志願した柳生一門の面々である。

増上寺《ぞうじょうじ》最寄りの大横町《おおよこちょう》にある柳生藩邸内の道場に日参し、剣の腕を磨いている五人は全員、一千石以上の大身旗本の子弟。

若いながらも、腕自慢の者ばかり。

「必ずや仕留めてやろうぞ！」

「同門の仇、討たずに置くものか！」

五人の猛者《もさ》は意気盛ん。

憎むべき辻斬りを成敗して直参旗本と江戸柳生の名誉を守り、ひいては公儀の威信を取り戻すべく闘志を燃やして出陣してきた。

敵の狙いが柳生の剣を学ぶ旗本の命ということが知れたため、自ら囮《おとり》となって誘い出し、斬って捨てるつもりなのだ。

夜更けの大川端は静まり返っている。

旗本たちは、敢《あ》えて提灯《ちょうちん》を持参していなかった。

灯火《とうか》のない道場で打ち合う夜間稽古を通じ、暗がりでも見通せるように夜目《よめ》を鍛えてあるからだ。

それに、なまじ明かりを点《とも》していると格好の目印になってしまう。敵がこちらの存在に気付いてしまえば、不意打ちをされかねない。

未熟な者ばかりを選んで襲撃しているとはいえ、敵は凄腕。

亡骸《なきがら》に残された傷跡から察するに太刀ゆきが相当に速く、力強いはず。

あくまで先手必勝を期さなくてはならぬと思い定め、若い旗本たちは油断なく周囲に目を凝《こ》らしている。

と、先頭の旗本が立ち止まった。

前方に男の影が見える。

顔を隠す被《かぶ》り物は着けていない。

月代《さかやき》に剃りを入れず、黒髪を長く伸ばしている。

装いは黒染めの単衣に、同色の馬乗り袴《ばかま》。細身に仕立てられた、動きやすそうな袴である。

鞘《さや》の長さから察するに、帯びた大小は定寸《じょうすん》よりもやや短め。

袴を常着《つねぎ》とし、大小の二刀を帯びていれば武士に違いない。

黒ずくめの男は、ずいっと面《おもて》を上げた。

剽悍《ひょうかん》な面構《つらがま》えである。陽に焼けた顔の中で、白目の目立つ三白眼《さんぱくがん》がぎらぎらと凶悪な光を放っていた。

行き交う者は誰もいない。

か細い月明かりが、土手をしらじらと照らしている。

薄暗い土手に立っているのは五人の旗本と、黒ずくめの男のみ。

先に口を開いたのは、謎の男。

「おや、わざわざ雁首を揃えて斬られに参ったのか？　未熟者どもめ」

ふてぶてしい口調だった。

挑発の言葉は、尚も続く。

「柳生の一門ならば抜け。さもなくば用はない故、早《はよ》う去《い》ね」

「我ら直参を侮《あなど》るか、うぬっ」

怒号を上げるや、先頭の旗本が左腰に手を伸ばす。

すかさず、残る四人も刀に手を掛けた。

横一線に並ぶや鯉口《こいぐち》を切り、鞘を引いて抜刀する。

取った構えは青眼《せいがん》。

中段から切っ先をやや右に――対する敵の左眼に向け、右肩を前に出す。明治の世を迎える以前に創始された古流剣術の諸流派に共通する、基本の構え。

右足をおよそ十五度、右前方に踏み出している。

左足は三十度から四十度、左外側に開いていた。

後世の剣道と異なる立ち方も、古流剣術の基本に則《そく》したもの。

体の軸を垂直に保つため両足の踵《かかと》を地に着け、つま先を浮かせて、じりじりと前進していく。

これは柳生新陰流で「風帆《ふうはん》の位《くらい》」と呼ばれる、古流剣術を修めた剣術使いならではの歩き方。刀と無縁の町民《ちょうみん》が踵を浮かせ、つま先立ちになって歩くのとは逆に、踵を地面から離さないのが要諦《こつ》。こうして踵立ちになれば、体の軸はぶれることがない。

さらに足と腰を垂直に沈ませた、柳生新陰流において「膝をえます」と称する体勢を取れば「浮沈《ふちん》の位」となり、敵に対して足腰の筋力を余さず乗せた打撃を浴びせることが可能となる。

いずれも一朝一夕に身に付けられるものではない。

戦国乱世に端を発する古流剣術の体捌《たいさば》きを、五人の旗本は日々の稽古を通じて会得していた。足腰の据わりが、これまで重ねてきた稽古量を物語る。

「これまでぞ、下郎！」

「観念せいっ！」

旗本たちは口々に怒号を発する。

淡い月明かりに、五条の刃がぎらりと煌《きら》めく。

怨敵《おんてき》を葬り去るべく、力強い光を放って止まずにいる。

だが、男はまだ刀を抜いていない。両の手を体側《たいそく》に下ろした白然体で踵立ちになって悠々と歩《ほ》を進め、こちらを小馬鹿にしたような笑みまで浮かべている。

対する五人の旗本は怒り心頭に発していた。

相手は憎むべき同門の仇。

されど、一斉に斬りかかるわけにはいくまい。

やくざ者同士の喧嘩沙汰ならばいざ知らず、武士と武士の立ち合いは一対一でなくてはならない。真剣勝負となれば尚のこと、作法を重んじるべし。

五人は幼い頃より、そう教えられて育ってきた身。

たとえ慮外者が相手であろうとも、こちらが数に任せて斬り立てては自ら品位を下げることになってしまう。

あくまで一対一で雌雄を決するのが、兵法者《ひょうほうしゃ》の誇りというもの。

「参る！」
最初に躍りかかったのは最も若い、まだ二十歳前と思《おぼ》しき旗本。
対する男はまったく動じていない。
「ほれ、来い来い」
馬鹿にした態度で挑発しながら、まだ刀に手を掛けてもいない。
「うぬ!!」
若い旗本はぶち切れた。怒りの余り、肩に力が入りまくっていた。
青眼の構えで間合いを詰めるや、ぐわっと刀を振りかぶる。
刹那《せつな》、ひゅっと刃音《はおと》が鳴る。
男が佩刀《はいとう》の鞘を払い、抜き打ちを見舞ったのだ。
抜き打ちで刃音を立てるのは、至難の業《わざ》。
鞘を引き絞る左手と、刀の柄《つか》を握った右手とが完璧に連動していなくては刃筋《はすじ》
——刃の角度が定まらないからだ。
しかるに、男の抜き打ちは正確そのもの。
刃筋がぴたりと定まっている上に、勢いがある。
それは足と腰を沈ませる、柳生新陰流に独特の体捌きの為《な》せる技だった。

後世に普及した居合道ではまず一歩踏み出し、足場を固めてから刀を抜き打つのだが、柳生の『抜刀勢法《かた》』と称される技は、足を前に出すのと抜刀とを同時に行う一拍子の動作が基本。小手先ではなく、足腰の力を乗せて抜くことによって刀勢《とうせい》を出すのだ。

若い旗本が近間《ちかま》に踏み込んだとたん、拳を目がけて白刃が奔《はし》る。

両の腕を断たれた次の瞬間、返す刀が胴を薙《な》ぐ。

抜き打ちの初太刀にも増して力強い一撃だった。

「わあっ⁉」

悲鳴を上げて、若い旗本が崩れ落ちる。

腕自慢の自分があっさり斬られてしまい、しかも相手が同じ柳生新陰流の使い手だったという事実が信じられぬ。そう言いたそうな、不可解な表情を浮かべたままで、血にまみれて果てていた。

「おのれ！」

残る旗本たちが怒号を上げて殺到していく。

応じて、男は刀を大きく振りかぶった。

柳生新陰流、雷刀《らいとう》の構え。

打ち込んでくるのを真っ向から迎え撃ち、合撃《がっしうち》で斬り伏せる。

判で押したような、重たい一撃。

「がっ⁉」

「ぐわっ」

旗本たちは血煙を噴き上げる。

逃げ出す者も容赦せず、男は軽やかに駆け寄って兇刃を浴びせていく。

「ぎゃあっ」

最後の一人が断末魔の叫びを上げる。

刀まで放り棄てて逃げようとしたのを、男は背中から斬り下げていた。

武士と武士の真剣勝負で、背後を突くのは卑怯《ひきょう》とされる。しかし、自ら逃走を図るような手合いならば、斬られて死んだほうが恥をかくだけ。

亡骸が転がる土手に、濃い血臭が漂い始めた。

「馬鹿な奴らよ。ふふふふ……」

男は悠々と踵《きびす》を返す。

と、後方から新手の殺気が迫り来る。

立ち向かってきたのは三人の侍。

旗本ではなかった。二蓋笠《にがいがさ》の家紋入りの羽織を着けていることから、江戸柳生に仕える家士《かし》と判る。

いずれも二十代の、若々しく逞《たくま》しい青年だ。

家士たちは抜き身の刀を、峰《みね》を右肩に当てて担いでいた。

集団で戦闘状態に突入するときは刀をあらかじめ鞘から抜いておき、こうして担いでおくのが戦場《いくさば》での心得。前を駆ける者が不意に立ち止まっても、切っ先が斜めになっているので誤って刺してしまうこともない。

「久しぶりだな、うぬら」

迫り来る家士たちに、男は語りかける。

口調こそ懐かしげだが、三白眼はぎらついたまま。

三人の家士は答えることなく、ざざざっと男を取り囲む。

転がった五体の亡骸を見れば、この男が憎むべき辻斬りなのは一目瞭然。

速やかに成敗し、主家《しゅか》の汚名を雪《すす》ぐ。

それだけが駆け付けた三人の目的だった。

「やるな……」

斬ってくるのを足捌きでかわしつつ、男は感心した様子でつぶやく。

家士たちは同士討ちを避けながらも一糸乱れず、代わる代わる男に肉迫して刃を振るっていた。

一人が退けば代わりの者がすかさず近間へ踏み込み、斬撃を見舞う。

主家の名を汚した怨敵《おんてき》を相手にしながら、動きは冷静そのもの。

あっさり返り討ちにされてしまった旗本の面々のように力むことなく、腰高《こしだか》の体勢で軽快に立ち回っている。

それは尾張柳生に独特の体捌きであった。

柳生一門は、江戸柳生と尾張柳生の二派に分かれている。

東照大権現こと徳川家康公に見出され、大和国の土豪から将軍家の剣術師範となった柳生但馬守宗矩《たじまのかみむねのり》を家祖とするのが江戸柳生。その甥である柳生兵庫助利厳《ひょうごのすけとしよし》に連なるのが尾張柳生だ。

柳生同士、三対一の戦いは打ち続く。

足と腰を低くした男に比べて、三人の家士は相変わらず腰高の体勢。

やはり三人は尾張柳生の、対する男は江戸柳生の修行者と見なしていい。

足腰を垂直に沈めて膝のばねを利かせる「沈《ちん》なる身」は、乱世の合戦場で行使された、古流剣術としての柳生新陰流の特徴。

江戸柳生に色濃く受け継がれる、古式ゆかしい「沈なる身」に対し、尾張柳生では自然な姿で立つ「直立《つったつ》たる身」が、利厳の代から重んじられてきた。合戦場で重たい甲冑を着けて立ち合う介者《かいしゃ》剣術ではなく、日常の中で不意に訪れる危機への対処法である素肌《すはだ》剣術を尾張柳生は第一としたからだ。

将軍家剣術師範の俊方は江戸柳生の総師でありながら、そんな尾張柳生の特色を太平の世にふさわしいことと認め、吉宗への指南にも反映させている。

それにしても、奇妙な話である。

なぜ江戸柳生を修めた男が同門の旗本を何のためらいもなく殺戮《さつりく》し、尾張柳生の使い手である家士たちと争っているのか。

江戸柳生を潰そうと目論み、辻斬りを繰り返していたのは尾張柳生のはずではなかったのか。

答えは男の正面に立つ、一人の家士の口から明かされた。

「うぬが悪行もこれまでぞ、岡部宗重《おかべむねしげ》っ！」

有無を言わせぬ口調で言い放ったのは、この場にて斬って捨てることが前提の一言。しかも、男の姓名まで承知している。

この男の名は柳生宗盈《むねみつ》、二十七歳。本名、岡部宗重。

かつて江戸柳生の後継ぎ候補だったのが、破門された今は元同門の者たちを平然と斬り捨てる外道に成り果てていた。

放っておけば江戸柳生の恥となる。

家士たちは辻斬りの素性を突き止めた上で、成敗するべく乗り出したのだ。

だが、対する宗盈は平然としたままだった。

「うぬ呼ばわりとは無礼千万であろう？　この儂《わし》を、一体誰だと心得おるか」

「黙れっ」

ぬけぬけと答えるのに、家士は負けじと言い放つ。

「もはや我らは尾州《びしゅう》様とは拘《かか》わりなき身！　うぬのことなど、もはや将と仰いでもおらぬわっ」

鋭いのは舌鋒《ぜっぽう》だけではない。

刀勢を込めた袈裟《けさ》斬りが男に迫る。

立ち姿が腰高であっても、腰を垂直に沈めて膝のばねを利かせる体捌きの基本そのものは尾張柳生も江戸柳生も同じ。足腰の力を乗せて斬り倒すべく、怒りの刃を見舞ってくる。

正面の一人と連携し、残る二人も左右から斬り立てる。

それでも宗盈は余裕綽々《しゃくしゃく》だった。

三方向から斬り付けてくるのを軽快な足捌きでかわしつつ、正面に立った家士に向かって問いかける。

「儂が放逐されし身ならば、おぬしらは尾張柳生の裏切り者であろうが？」

余裕の笑みを片頬に浮かべ、三白眼を細めた表情は、家士たちを明らかに馬鹿にしたもの。

「おぬしらが儂を斬ろうと躍起になるのも無理はあるまい。江戸柳生を追われたならば、もはや行き場は無いのだからのう。儂とは大違いだな、ははは」

「い、言うなっ」

家士は動揺を隠せなかった。

仲間の二人も、刀を振りかぶったまま凍り付く。

その隙を逃さず、宗盈はぶわっと後方に飛び退《すさ》る。

抜き身の刀を右肩に担いで飛翔し、土手から一気に河原へ降り立ったのだ。

この場から逃れるつもりならば、すぐさま駆け去るはず。

しかし宗盈は走り出そうともせず、にやつきながら家士たちを見上げていた。

「どのみち、おぬしらはこれまでじゃ。冥土のみやげに、江戸柳生に挑みし真の理由を教えてやろうぞ」

「何っ⁉」

「そも、儂が狙いは備前守の小倅《こせがれ》が一命のみ……おぬしらが若と持ち上げておる、矩美《のりよし》の素っ首だけが所望よ」

「されば、うぬはまだ若への妄執《もうしゅう》を棄ててはおらなんだのかっ」

「妄執とは笑止千万。儂を罵《ののし》りたくば、斬り伏せてからにせい」

刀を引っ担いだ格好で、宗盈はふてぶてしく微笑む。

家士たちの怒りと焦りを募らせて余りある、不敵そのものの態度であった。

「な、ならば何故に、御直参のお歴々まで斬って廻ったのだ！」

「左様……十四のがきを独りで逝かせてしもうては寂しかろうと思うてな、冥土の旅の露払いをさせたのだ。おぬしらも、あのがきをそれほど慕《しと》うておるならば供揃えに加わることだの。はははははは」

「ふざけるなっ」

果敢に言い返しながらも、三人の家士は冷や汗を流していた。

宗盈はこちらと三対一で渡り合っていながら、ずっと余裕を保っている。剣の技倆も、以前に出会ったときより遥かに上達していた。

しかし、気を呑まれたままでは斬られるのを待つばかり。

眦《まなじり》を決し、家士たちは刀を構え直す。

大きく振りかぶった雷刀の構えで河原へ飛び降りざまに、宗盈の頭上から捨て身の一撃を浴びせるつもりなのだ。

「うぬが如き慮外者に！　我らの若を空《むな》しゅうさせて堪《たま》るかっ！」

「往生せい、外道《げどう》っ！」

「行くぞ！」

口々に怒声を上げる三人を、宗盈は醒《さ》めた目で見返す。

もはや笑ってはいない。

担いだ刀をすーっと動かし、取ったのは車《しゃ》の構え。

他流派で言うところの、脇構えである。

左足を前にして、刀は切っ先を下げた地摺《じず》り下段。柄頭《つかがしら》を前方に向け、刀身を隠すようにするのが特徴。

両足を大股に開き、腰を垂直に下げている。

体捌きに澱《よど》みはなく、視線は冷静そのもの。

隙のない相手を打ち破るには、気迫を以《もっ》て立ち向かうしかない。

三人の家士は、河原へ向かって同時に跳んだ。

もはや、同士討ちを恐れてなどいられない。

この男を斬る。斬って矩美を守り抜く。かかる一念に燃えての攻めだった。

応じて、宗盈の刀身が三度《みたび》煌めく。

闇の中、鋭い刃音と血煙が相次いで上がった。

空中に跳んだ瞬間、三人の胴はがら空きになっていた。怒りと焦りを募らせたために、自ら隙を作ってしまったのだ。

気付いたときには、もう遅い。

宗盈は続けざまに刀を振るい、三人の胴を存分に薙ぎ斬っていた。

振り抜くのが速いだけでなく、刀勢も強い。

右手を主《しゅ》にしていながらも、足腰の力が乗っている。

小手先だけでなく全身で振るっていればこそ、威力も出るのだ。

「む、無念……」

「若ぁ……」

斬られた三人は刀を取り落とし、苦悶しながらも懸命に河原を這《は》っている。

藩邸の矩美に危機を知らせたい。

敵を倒せなかった上は危機を知らせ、速やかに逃がしたい。

自分たちの命の火が燃え尽きる寸前でありながら必死になって、主家《しゅか》のために力を尽くさんとしていた。

その背中に、冷たい刃がずんと突き込まれる。

刀を使う宗盈に表情はない。三白眼を細めて淡々と、足元の家士たちにとどめを刺していく。

三人の家士は動きを止めた。

宗盈は血濡れた刀を懐紙《かいし》でぬぐい、鞘に納める。

惨劇を目撃した者は誰もいなかった。

二

漆黒の闇に包まれた大川を、一艘の屋根船が行く。

先月末の川開き以来、江都では納涼の船遊びが解禁されていた。

しかし、夜も更けてから船を出す物好きなど滅多にいなかった。

闇の中、聞こえてくるのは屋根船の櫓音のみ。

そこに一艘の猪牙《ちょき》が近寄ってくる。

猪牙を漕いでいるのは、黒ずくめのあの男――柳生宗盈。

八人も殺戮《さつりく》した後だというのに、返り血ひとつ浴びていない。

漕ぎ寄せてきたのに応じ、すっと屋根船の障子が開く。

顔を見せたのは、まだ二十歳そこその若い武士。

絹物をさらりと着こなす、大名家の子弟と思《おぼ》しき外見。

優美な顔立ちをしていながら、切れ長の双眸《そうぼう》だけが勝負師の如く、ぎらぎらと熱っぽい光を帯びている。

「大儀であった」

告げる口調も、優男めいた容姿に似合わず力強い。

対する宗盈は猪牙を止め、船上で片膝を突いて一礼する。

「苦しゅうない。参れ」

「されば、御免」

宗盈は重ねて一礼し、屋根船に乗り移る。

逃亡に用いた猪牙は、辻斬りを働いた現場近くの船着場から盗んだもの。

漕ぎ手を失った船が流されていくのに、屋根船の船頭は知らん顔を決め込んでいる。やんごとなき客を乗せたときは、見ざる聞かざる言わざるに徹するべしと承知していた。

若い武士は上座に着き、一人でゆったりと酒杯を傾けている。

向き合って座《ざ》した宗盈には、勧めようともしない。そもそも他人に気を遣う必要など皆無の立場に生まれ育った身なのだ。

それを承知している宗盈は気を悪くするでもなく、下座で膝を揃えている。

この二人、悪事でつながる間柄だった。

徳川宗春《むねはる》（松平通春《まつだいらみちはる》）、二十三歳。

柳生宗盈（岡部宗重）、二十七歳。

いずれも大名の御曹司である。

宗春は尾張藩六十一万九千五百石の徳川家、宗盈は岸和田《きしわだ》藩五万三千石の岡部家の生まれ。片や将軍職に選ばれる資格を有する御三家、片や介の譜代《ふだい》大名と格こそ違えど、共に大名の子であることに変わりはない。

一族内の序列としては、むしろ宗盈のほうが上だった。

五男の宗盈に対し、宗春は十九男。長兄の継友が継いで久しい尾張藩主の座が廻ってくる可能性など、皆無に等しい。

並の性格ならば大人しく諦め、せめて支藩を継がせてもらえれば幸いと考えるところだろうが、宗春の野望は壮大であった。

尾張藩主の座など、将軍になる足がかりとしか見なしていない。

手始めに吉宗を葬り去り、兄の継友をひとまず九代将軍の座に据えた上で、時をかけて後釜を狙う。

そこまで展開を先読みした上で、刺客として宗盈を雇い入れたのだ。

部外者を選んだのは、尾張徳川家中の者を刺客に仕立て上げてしまっては事が露見してしまう恐れがあるからだった。

宗春の野望は親兄弟も与《あずか》り知らぬこと。長兄の継友にさえ、一言とて明かしてはいなかった。

もとより継友は気弱な質《たち》。吉宗との将軍職争いに敗れ、むしろホッとしている節さえある。

こんな小心者と結託したところで、大きなことなどできるまい。

宗春はそう考え、敢えて部外者の宗盈に白羽の矢を立てたのだ。

やり方はすべて任せてある。柳生一門を狙った辻斬りも、吉宗抹殺の下準備と宗春は聞かされていた。

無益な殺生と思えば、協力などするはずもない。

「して、今宵は幾人を手にかけたのじゃ」

「五人ほど……でありますな」

「ほど、とは？」

「小者が湧いて出ました故、ちと手間取りました」

「左様か」

さほどの感慨も見せず、宗春はくいっと杯を空ける。

すかさず宗盈は膝行《しっこう》していき、酒器を取って酌をする。

柳生の家士たちを憎々しげに挑発していたのが嘘のように、恭《うやうや》しい立ち居振る舞いであった。

この宗盈、実は次の将軍家剣術師範になっていたかもしれない身。

男児がいない柳生備前守俊方に養嗣子《ようしし》として迎えられ、江戸柳生の後継ぎ候補として幼い頃から修行一途に励んできたものの、十年前の宝永《ほうえい》五年（一七〇八）に廃嫡されてしまった。

表向きは病気で親許へ帰されたことになっているが、実態は違う。

養父の俊方は宗盈を非才と見なし、将軍家の剣術師範を任せるには物足りぬと断定して追い出したのである。

そして後釜に座ったのが、あの少年——柳生矩美なのだ。

宗盈は将軍職を狙う宗春の意を汲んで吉宗暗殺に動く一方、自分を一度は養子にしていながら非情に見捨てた江戸柳生に対する復讐の念を十年来、変わることなく燃やし続けてきた。

とはいえ、正面から挑もうとは考えていない。

まずは門弟の旗本たちから先に殺していき、江戸柳生一門の動揺を誘う。そうやって揺さぶりをかけた上で、矩美を亡き者にしてしまうつもりでいる。

矩美は一門の宝。もしも落命すれば、由々《ゆゆ》しき大事だ。

期待を寄せて止まずにいる後継ぎを失った俊方は落胆し、剣術師範の任も全うできなくなるのは必定。

それこそが宗盈の復讐の最終目標だった。

老いたりとはいえ、俊方の実力は自分の及ぶところではない。正面から挑めば間違いなく返り討ちにされてしまう。

かと言って加勢を頼み、登城の行列を襲ったりすれば大事《おおごと》になる。

宗盈は表向き、病を得て江戸柳生から廃嫡された身。

実家の岸和田藩領で静養中ということになっている身が、表立って動くわけにはいかぬ。あくまで隠密裏に、事を成さなくてはならなかった。
雇い主の宗春も、そう望んでいる。
吉宗暗殺には江戸柳生を弱体化させた上で取りかかると、あらかじめ宗春から
は了承を取り付けていた。
今のところ、宗春はこちらの要求を呑んでくれている。
しかし宗盈は、一個人として吉宗の生き死になどまったく気にしていない。
本心から斬りたいのは、あくまで矩美のみ。
宗盈にとって、あの少年は憎くて仕方のない存在だった。
柳生家から追われたのは、十七歳のときのこと。
柳生新陰流の剣の技倆は当年十四歳の矩美と比べて劣るどころか、遥かに上を
行っていたはず。
それがなぜ廃嫡されてしまったのか。
なぜ、理不尽にも追われなくてはならなかったのか。
矩美が憎い。憎くて堪らない。
復讐の一念に燃える男は、当年十四歳になったばかりの少年を斬ることに何の
ためらいも覚えてはいなかった。

気が昂《たかぶ》れば、体は酒を欲するもの。

「失礼いたしまする」

宗盈は断りを入れて杯を取り、手酌で満たす。

屋根船は大川をゆっくりと遡上《そじょう》していた。

相変わらず、行き交う船影はない。

たとえ町奉行配下の巡視船と出くわしても、こちらに手は出せぬはず。御三家の威光は絶対だからだ。

その威光が、宗盈を護《まも》ってくれている。

今の宗盈は尾張藩に飼われる身。宗春が住む下屋敷に潜伏し、身の安全を保障してもらっていた。

恩義を感じていれば私怨《しえん》よりも、吉宗暗殺を優先するのが当然というもの。

だが、宗盈にはそんな気などさらさら無い。

自分を軽んじた江戸柳生一門への復讐心が、完全に先に立っていた。

その復讐も、確実に功を奏しつつある。

江戸柳生門下の旗本たちは、宗盈にしてみれば話にならぬほど弱い。

これまで葬り去ったうち、最初の頃の辻斬りは挑発が目的。

まず動揺を与え、今宵の五人組のように血気盛んな手合いが自分から出てくるように仕向けたのだ。

刃を合わせてみたところ、今し方斬ってきた五人は一門でもそこそこ腕の立つ連中だったと見なしていい。それでも弱い相手であるのに変わりはなく、宗盈にとっては赤子の手をひねるかのような楽勝。

後から出てきた、はぐれ尾張柳生の三人組のほうが、むしろ手強かった。

(尾張柳生、侮《あなど》り難し……)

宗盈の偽らざる本音だった。

剣の技倆もだが、必死さが違う。

所詮、旗本たちは自分の名誉のほうを重んじている。

将軍家直属の名家の特権として学ぶことができる柳生の剣も、しょせんは箔《はく》を付けるための習い事としか見なしていない。なればこそ、わが身が危なくなれば逃げ出してしまうこともできるのだ。

されど、あの三人の家士は逃げなかった。

最後まで踏みとどまり、新たな寄る辺である江戸柳生を死守するべく命を投げ出すのを迷わなかった。

斬った宗盈に悔悟《かいご》はない。

ただ、手強いという事実だけは認めねばならぬと考えていた。

江戸柳生に身を寄せた尾張柳生のはぐれ者は十余名。そのうちの三名を今宵は返り討ちにしたとはいえ、まだ両手に余る数を残している。

矩美の命を狙えば、彼らは死兵《しへい》と化して宗盈に挑んでくることだろう。

数に任せて、それも一人一人が命を捨てて斬りかかってくれれば、いかに手練《てだれ》の宗盈といえども殲滅《せんめつ》するのは難しい。

肝心の矩美を討つ前にやられてしまっては元も子もない。

ここは思案のしどころだった。

手強い尾張柳生のはぐれ者共から、どうやって士気を削《そ》ぐか。

呑みかけの酒杯《しゅはい》を手にしたまま、宗盈は思案する。

「何を考えておる？」

宗春が不審そうに問うてきた。

「儂はおぬしの雇い主ぞ。事の成就を阻みし障壁があるならば、はきと申せ」

「……言うてもよろしゅうございますのか」

「苦しゅうない」

向けた視線を、宗春は身じろぎもせずに受け止める。

剣を取っては弱くても、この若君は度胸が据わっており、知恵も回る。

その悪知恵を借りようと宗盈は考えていた。

「ご雑作《ぞうさ》をおかけするのは心苦しきことなれど、謹んで申し上げまする」

杯洗《はいせん》を使った宗盈は膝を正し、馬鹿丁寧に話を切り出す。

小賢《こざか》しい若造を動かすには、その虚栄心をくすぐってやるのが上策。こちらが恩義を着せられぬように、上手く操縦してやるのだ。

「若君ならば、尾張柳生家と話を付けるも容易《たやす》うございますな?」

「うむ……」

頷きつつ、宗春は探るように問い返す。

「おぬし、まさか手勢を借りたいと言い出すつもりか」

それは宗春にとって首肯《しゅこう》できぬ話。

吉宗を亡き者にするべく暗躍していても、尾張徳川の家中の者を刺客に立てることは今まで避けてきた。

現藩主はあくまで兄の継友であり、宗春は末弟の身にすぎない。

先走った真似をして、もしも発覚したら元も子もない。

尾張藩としては宗春に詰め腹を切らせ、何事もなかったと処理するはず。それでは死んでも死にきれぬ。

「今になって手に負えぬと申しても、聞けぬぞ？」

「滅相《めっそう》もありませぬ」

宗盈は苦笑して見せた。

「手駒が入り用となれば、わが父に頼めば事足りまする。お願い申し上げたきは将軍家の威信を貶《おとし》めるための前振りにござる」

「それは、おぬしの働きにて十分に足りておるはずだが……」

「今一歩、若君のお力添えを賜《たまわ》らねばなりませぬ」

宗盈はずばりと言い切った。

「江戸柳生一門の不甲斐なさを尾張柳生のお歴々によくよく知らしめ、勝負をお膳立てしてくださいませ」

「勝負とな？」

「御意《ぎょい》」

きょとんとする宗春に、江戸柳生を憎む男は深々と平伏する。

「お頼み申し上げまする、若君」

頭を下げる態度は殊勝そのもの。

宗盈は私怨を晴らすため、尾張藩を徹底して利用するつもり。

吉宗の暗殺計画は二の次であり、今は憎い江戸柳生の父子に復讐することしか考えていなかった。

とはいえ、独力では難しい。

柳生藩邸の護りは固いし、尾張柳生のはぐれ者たちが矩美のために命を捨てていることも判った。

その矩美にしても、あっさり仕留めてしまっては面白くない。

今まで以上に嫌がらせをして、苦しめた上で死に追いやりたい。そのためには尾張藩とつながる宗春の力が、是非とも必要なのであった。

三

翌日の早朝、大川端で八体の亡骸が発見された。

南町奉行所の同心たちは奉行の大岡より指示を受け、まず大横町の柳生藩邸へ急を知らせた。

もとより、大名や旗本が絡んだ事件には町奉行所は関与できない。

こたびの事件の場合、狙われているのが将軍家剣術師範の柳生藩だけに扱いも慎重を要する。

正体不明の辻斬りが柳生一門の旗本たちへの襲撃を繰り返していたのは、大岡ら町奉行衆もかねてより承知の上。

しかし、下手に首を突っ込むわけにはいかなかった。

江戸柳生は神君家康公の昔から、代々の将軍が学び修めてきた剣。降りかかる火の粉を自力で払えぬようでは、天下人に王者の剣を指南し奉る一門の名が泣くというもの。要請でもされぬ限り、助勢するわけにはいかぬ。

「何とか助《す》けて差し上げてぇもんだが……」

奉行所裏の役宅で出仕の支度をしながら、大岡は暗い顔でつぶやくばかり。

若い矩美の身を案じつつも、黙って成り行きを見守るしかなかった。

亡骸は速やかに柳生藩邸へ運ばれた。

殺害された旗本たちの屋敷には追って知らせるとして、速やかに検屍を済ませなくてはならない。

腐敗の進行を防ぐため、八体の亡骸は土蔵に入れられた。

自ら検屍《けんし》に立ったのは、出仕前の柳生備前守俊方。

死臭を移さぬように裃《かみしも》を脱ぎ、白衣《びやくえ》（着流し）一枚きりになって母屋から土蔵へと足を運ぶ。

廊下を渡る途中、その足がぴたりと止まる。

後から付いてこようとした、矩美の気配を察知したのだ。

「おぬしは来ずとも良い」

「義父上……」

「これは儂の不徳のいたすところ。責に感じるには及ばず」

背中越しに告げる口調は、有無を言わせぬもの。

押し黙った息子をそのままに、俊方は黙然《もくねん》と歩を進める。

柳生藩邸の屋敷地は二千七百坪余り。

一万石の大名としては、まず標準と言える広さ。

広い土蔵の中には八体の亡骸が安置されていた。

五名の旗本は白布を敷いた戸板の上に、三名の家士は莚《むしろ》の上にそれぞれ横たえられている。

同じ江戸柳生の門下といえども、直参と陪臣の区別はしなくてはならない。

されど、亡骸に接する態度そのものに差別などなかった。

俊方は一体ずつ合掌した上で、傷跡を確かめる。

旗本は全員、一太刀ずつで絶命していた。

三名の家士のみ、背中から心の臓を刺し貫かれている。這って逃れようとしたところを、非情にも芋刺しに仕留められたのだ。

「……………」

最後の一体を検《あらた》め終えると、俊方は腰を上げる。

五名の旗本の亡骸を身内の許へ届けるように指示し、速やかに母屋へ戻る。

独りで廊下を渡っていく表情は沈鬱《ちんうつ》。

「……やはり、あやつの仕業であったか……」

つぶやく口調も重苦しい。

俊方は直々に行った検屍により、彼らを葬り去った辻斬りは柳生の剣を修めた者と確信するに至っていた。

まず、柳生宗盈と見なして間違いない。

合撃の鋭さに加えて、刀捌きに独特の癖があると気付いたのだ。

しかも、技倆が昔日《せきじつ》よりも明らかに上達している。

「……右が勝《まさ》っていながら、あれほどまでに斬り得るとは……」

刀を用いるときには柄を両手で握っていても、あくまで左手を主《しゅ》、右手を従《じゅう》とするのが基本。

手だけではない。左半身の力を総動員して、刀を捌くのである。

かつて手許に置いて修行させていたとき、宗盈はどれほど矯正しても右半身に重きを置く癖が直らなかった。

左の腰に帯びた刀を抜き打つ、抜刀勢法《かた》においては左半身を主体としなくてはどうにもならぬため自ら直すことを心がけていたが、抜いた後がいけない。

抜き身を振るうときには右手が主になってしまい、どの流派でも重んじられる左手と左半身で刀を捌く形が、とうとう正しく身に付けられなかった。

それでいて剣術に形など問題ではない、要は敵を倒せばいいのだと言い放って憚《はばか》らずにいたものである。

これでは門下の皆に示しが付かない。

ために俊方は宗盈を廃嫡して、新たに矩美を養嗣子に迎えたのだ。

矩美は素直な少年だった。

辛抱強く、父親の教えを守って一歩一歩、基本から段階を踏んで学び修める労を厭《いと》わずにいる。

それは剣術に限らず、ものを学ばせる上で最も大事な点。

親が赤ん坊に歩き方を覚えさせるのと同様に、知らないことを初歩から教えていくのが指導者の務め。

むろん俊方もそう心がけ、厳しくも根気強く指導に当たってきた。

しかし、親の心子知らずとはよく言ったもの。

宗盈は幼い頃から基本を面倒くさがり、さっさと段階を進めるのを喜びとする性分であった。

なまじ身体能力が高く、どんな技も見様見真似で身に付けてしまうのに長《た》けていたのも災いしたと言えよう。

だが、これでは我流《がりゅう》の剣にしかならない。

さすが柳生藩の養嗣子、将軍家剣術師範の後継ぎにふさわしい少年と周囲からお世辞抜きで褒《ほ》められても、養父たる俊方の目はごまかせなかった。

廃嫡して正解だったという考えは今も変わらないが、招いた結果は最悪。

「逆恨み、か……」

つぶやく俊方の声は暗い。

あの男を復讐鬼にしてしまったのは、己の不徳のいたすところ。

今にして、そう痛感せずにはいられなかった。

宗盈を討ち取らねばなるまい。

だが実家の岸和田藩だけでなく、尾張藩まで後ろ盾にしているとあっては二の足を踏まざるを得なかった。

尾張徳川家に代々仕える柳生の一族、すなわち尾張柳生は戦国の昔から新陰流の正統を代々受け継いできた。たとえ将軍家の剣術師範を務めていようと、江戸柳生は尾張柳生に対し、表立って手が出せないのだ。

一体どうすればいいのか――。

考えあぐねる俊方は、物陰から矩美がじっと見ているのに気付かずにいた。

四

その頃、田沼家の人々は朝餉《あさげ》の最中だった。

意行は今日一日、非番である。

だからといって、朝寝を決め込んだりはしない。いつもと同じ時間に起床して一日の生活を始めているため、奉公人一同もだらけたりはしなかった。

田沼夫婦は奥の座敷で水入らず。兵四郎ら奉公人は台所の隣の板の間でお膳に向かっていた。

めいめいに用意された箱膳の上では、炊きたての飯と味噌汁がぽっぽと湯気を立てている。

暑い最中だからこそ、しっかり食事を摂《と》っておかなくては身が持たない。田沼家の台所を預かる女中頭はそう心得て限られた家計をやり繰りし、男衆に滋養を付けさせることを日々心がけていた。

今朝の献立は絹ごし豆腐と油揚げ入りの味噌汁に、蕪《かぶ》の浅漬け。蕪は葉っぱと茎も無駄にせず、刻んで味噌汁の具に加えてあった。

大釜で炊き上げた飯はやや硬め。麦も稗粟《ひえあわ》も入っていない混じりっけなしの銀しゃりは、田舎育ちの兵四郎にとっては何よりのご馳走だ。

「たんと食べるんだよ、兵さん！」

年嵩《としかさ》の女中が気前よく、兵四郎にお代わりをよそってやる。

菊江《きくえ》、四十九歳。

一昨年から田沼家の屋敷に雇われ、女中頭を仰せつかっている。

独り身のまま、武家奉公を長年続けてきたしっかり者。兵四郎たち若年の奉公人にとっては面倒見のいい、母親のような存在であった。

「いつもありがとう」

笑顔で兵四郎は箸を取る。

背筋を伸ばし、がっつくことなく飯を口に運んでいく。

田沼夫婦の教育よろしく、行儀がいい。

それでいて堅苦しく見えないのは、喜色満面でいるからだ。

十歳のときに意行に引き取られるまで、兵四郎は銀しゃりなど一度も口にしたことがなかった。

亡き祖父との二人暮らしでは米は貴重品。鳥獣の肉や茸《きのこ》といった山の幸にこそ恵まれていても、主食は雑穀ばかり。紀州の城下町で暮らすようになってからも白米だけの飯が出るのは一年のうちに数えるほどだった。

ところが江都に出てきたとたん、当たり前のように銀しゃり続き。

経済に疎《うと》い兵四郎にはよく分からないが、意行から聞いたところによると江都には諸国の天領や大名領から年貢米が集まってきて、現物支給を受けた武士たちが自家消費分の余りを市中の米問屋へ大量に下げ渡すため、自ずと値も安くなるらしい。古くなった米をいつまでも取っておくわけにはいかないからだ。

それでも田沼家は三百俵取りの小旗本。

自家消費分の米を節約するために、あるいは水害や旱《ひでり》で米不足になったときは麦混じりにもなるが、麦と米が半々であっても兵四郎にとっては文句のない美味さ。毎日の奉公にも、労を惜しまず励もうという気持ちになれる。

「ほんと、兵の字は美味そうに食うよなぁ……」

兵四郎の隣に座った若党が、感心した様子でつぶやく。

千波多吉《せんばたきち》、二十三歳。

兵四郎より一つ年上の多吉は、元はと言えば中間《ちゅうげん》の身。

身寄りがいないまま親戚の間をたらい回しにされて成長し、威勢の良さを売り物に十代の頃から渡り中間として暮らしてきた多吉は、一昨年に田沼家へ奉公に上がったとき、若党の手が足りないため俄拵《にわかごしら》えの一本差しと相成《あいな》った。お調子者で喧嘩っ早い性分ながら気のいい質で、兵四郎のことも田舎者と軽んじたりせずに仲良く付き合っている。

このところ夏ばて気味らしく、多吉は箸の進みが遅い。

「あーあ、俺ぁ舌が肥えすぎてんのかねぇ」

ぼやきながら汁椀を取り、飯にかけようとする。

と、その手がぴしゃりと叩かれた。

「何すんだい!?　こぼしちまうだろうがよ、とっつぁん」

「朝っぱらから験《げん》の悪《わり》い真似をするもんじゃねぇぜ、多吉」

年季の入った塩辛声で説教するのは、小柄な中間。

弥八《やはち》、五十三歳。

菊江と同様、あちこちの武家屋敷を長年渡り歩いてきた苦労人。みんなと時を同じくして田沼家に奉公し、若い連中をまとめている。

中間は身分の上では若党より軽輩だが、そこは年の功。兵四郎はもとより多吉も逆らわず、何であれ経験豊富な弥八の指示を守っている。

そんな二人を弥八は可愛がり、とりわけ兵四郎には江都の地理やしきたりなどを折に触れて、親身になって教えてくれていた。

そんな庶民のしきたりのひとつに、汁かけ飯は「味噌が付く」すなわち失敗の元になるので避けるべし、というのがあった。山仕事や炭坑といった命の危険を伴う現場では、とりわけ嫌われる。

どうしても喉の通りが悪ければ逆にして、飯に汁をかけるのではなく、汁椀のほうに少しずつ飯を入れるのが正しい心得。

むろん、それを知らぬ多吉ではない。

ついつい横着しただけのことだったが、弥八は厳しい。

「お前の身だけに拘《かか》わるこっちゃねぇんだ。味噌が付いたせいでお殿様と奥方様に何ぞ災難が降りかかったら、一体《いってぇ》どうするんでぇ」

「わかったよぉ。ったく、年寄りはうるせーんだから……」

ぼやく多吉の前に、すっと大振りの碗が差し出される。夜食に饂飩《うどん》や蕎麦を供するための碗だ。

「これをお使いな、多吉さん」

おっとりした口調で語りかけながら微笑むのは、色黒の若い女中。

美津《みつ》、十九歳。

武州《ぶしゅう》の山奥から江都に出てきた美津は、田沼家がはじめての奉公先。いい仲間に恵まれて三年目を迎え、立ち居振る舞いや喋り方も垢抜けてきた。

汁かけ飯を巡って仲間内で揉《も》めた場合、すぐに大きな器を用意してやれば丸く収まることを美津は知っている。こういうとき、責められた者が腹立ちまぎれに小さな汁椀に飯を掻き入れるとこぼれてしまい、後で拭く手間もかかって大変だからと教えてくれたのは菊江であった。

「すまねぇな」

美津に照れ笑いを返しつつ、多吉は碗を受け取る。

「どうでぇ、とっつぁん。これで文句はねぇだろうが？」

「へっ、こぼして手間ぁかけさせるんじゃねぇぞぉ」

「おといきやがれぃ」

毒づき合いながらも、多吉と弥八は微笑んでいる。

そんな朝餉の風景を、兵四郎は嬉しそうに見やっていた。

何ということもない日常の一時が、この若者にとっては心休まるとき。

兵四郎が意行に従って影の御用を果たしている事実に、奉公人仲間は誰一人として気付いていない。

知らぬが花というものである。

同じ釜の飯を食っている兵四郎が、実は人知れず悪を討つ身であったと知ってしまえば動揺するのは必定。たとえ将軍の意を汲んでのことだとはいえ、今までのように親しく接することはできなくなってしまうだろう。

なればこそ、兵四郎は己の立場を隠している。

あるじの意行から他言無用と命じられているからだけではない。

奉公人仲間をはじめとする、周囲の人々と過ごす心地いい時間を失いたくないがために——。

「御免」

と、そこに訪《おとな》いを入れる声が聞こえてきた。

聞き覚えのある声——大岡忠相だ。

「俺が出るよ、とっつぁん。みんなもゆっくり食っててておくれ」

腰を浮かせかけた弥八を押し止め、兵四郎は玄関に向かった。

出仕前にわざわざ遠回りをして、朝から何の用だろうか。

訝《いぶか》りながら応対した兵四郎は、大岡を奥へ案内する。

かくして人払いした奥座敷で田沼主従を前に明かされたのは、かねてより懸念《けねん》していた話であった。

大岡が去ってからも暫《しば》しの間、意行と兵四郎は二人きりで向き合っていた。

共に沈鬱な表情である。

「ご無念なことであろうな……」

意行のつぶやきに、兵四郎は痛ましげに頷き返す。

柳生藩を狙う辻斬りの犠牲者は、ついに十人を超えたのだ。

しかも、殺害されたのは門下の旗本だけではない。

尾張柳生から引き取った家士までが、返り討ちにされてしまったのである。

弟子を失うことは一門の痛手だが、身内に等しい家臣まで討たれたとあっては柳生父子も内心穏やかではあるまい。

年嵩《としかさ》の家臣たちから常日頃より慕われていた矩美は、とりわけ心を痛めていることだろう。

その心中を察して止まず、意行は兵四郎を呼んだのだ。

「大横町へ行って参れ、兵四郎」

「よろしいのですか？」

「ただし、分を弁《わきま》えるのを忘れてはならぬ。おぬしが遠慮するだけでなく、若様が気易う接して来られても甘えさせてはいかん。そも、おぬしは柳生の臣下ではないのだからな」

「心得ておりまする」

「ならば良い。行け」

「はっ」

意行の申し付けに、兵四郎は力強く頷き返す。

言われた通り、自分は柳生藩の家臣とは違う。

矩美の力にはなりたいが、必要以上に肩入れするのもうまくない。

あくまで分を弁えた上で、あの少年剣士を慰めてやりたい。

そう己自身に言い聞かせ、兵四郎は意行の部屋から下がって行くのだった。

五

午前のうちに屋敷内の雑用を終わらせ、朝餉の残りで昼餉を済ませた兵四郎は田沼屋敷を後にした。

奉公人仲間たちには、意行の使いで芝まで出向くと言ってある。

もとより詮索などするはずもない者ばかりだが、隠し事をしている身は一にも二にも用心が肝要である。

御大身の旗本や大名が集住する芝に行くだけと言っておけば疑われることなく、大横町の柳生藩邸を訊ねていける。

兵四郎の装いは、ふだん着にしている茶染めの筒袖と馬乗り袴。

いずれも木綿地で、肌によく馴染む。

袴は藍染めが褪《さ》めるのを防ぐため洗う回数を控え、汗の臭いが強くないうちは陰干しするにとどめている。後の世の剣道着を扱うのと、同じ要領。

菊江が剃ってくれた月代は、心持ち広めである。

左腰に帯びた大脇差は、あるじの意行から授かった一振り。

刀身は一尺九寸五分（約五八・五センチメートル）。切れ味鋭く、振るうときの調子（バランス）もいい。

無銘であるが、意行の話によると戦国乱世の関《せき》鍛冶が鍛えた二尺二寸（約六六センチメートル）物を磨《す》り上げたものだという。乱世に武用刀《ぶようとう》として名を馳せた美濃《みの》刀とあれば、頼もしいのも当然至極。

他にも手慣らした隠し武器を携帯している兵四郎だが、あるじが選んでくれた一振りは格別のもの。いつも手放せぬ、無二の愛刀であった。

きつい陽射しの下、兵四郎は速やかに歩を進めていく。

江戸湾を間近に臨む大横町までは、常人ならば一刻（約二時間）近くはかかるはず。しかし忍びの兵四郎にとっては、ほんの一跨《ひとまた》ぎの距離。

今は一時も早く、あの少年剣士に会いたかった。

柳生藩邸では矩美がしょんぼりしていた。

奥の私室は整頓が行き届いており、換気されていて清々《すがすが》しい。さすがは武門の家らしく、奉公人も心がけの良い者ばかりであるらしい。

しかし部屋の主が隅っこに座り込み、打ち沈んだままでいては、どれほど掃除が行き届いていても甲斐がないというもの。

「失礼いたします」

廊下に膝を揃え、兵四郎は折り目正しく訪いを入れる。

ここまで案内《あない》してくれた家士は遠慮し、廊下の端に控えていた。

「兵四郎……」

振り向く矩美の顔はやつれていた。

先だって吹上御庭で吉宗を相手に奮戦したときの溌剌《はつらつ》さは失《う》せ、すっかり頬がこけてしまっている。見るからに痛々しい。

「ご心中、お察し申し上げます」

慎重に言葉を選んで、兵四郎は言上《ごんじょう》する。

案内の家士から聞かされた以上に、少年剣士は痛手を受けていた。

黙ったまま、矩美は手招きをする。

応じて兵四郎は座敷に入り、無言のまま膝行していく。

大脇差は所持していない。玄関脇の潜《くぐ》り戸《ど》から藩邸内に通されたとき、家士に預けたままになっていた。

座敷に面した中庭には、他にも数名の家士が張り込んでいる。

矩美の身辺警固を強化する旨、俊方より仰《おお》せつかった面々である。

もとより兵四郎とは顔見知りだが、些《いささ》かも油断していない。何かあれば即座に突入できるように、二人きりの座敷に注意を払っていた。

昼下がりの陽射しはきつい。

陽光にじりじり焼かれながら、家士たちは身じろぎもせずにいる。

藩邸の中はひっそりと静まり返っていた。

昨夜の大川端での一件に門下の旗本たちが恐れを成し、今朝から稽古の足が遠退いてしまったのだ。

門下で腕利きの者ばかりが五人、まとめて返り討ちにされたとあっては一同が恐れおののくのも無理はあるまいが、全員が申し合わせたかのように仮病で稽古を休むとは呆れた話。このようなときだからこそ門下の一同が結束し、迫る脅威に立ち向かわなくてはならないはずなのに、わが身が大事と言わんばかりの態度を取っている。これでは将軍家直参の名が泣くというもの。

俊方は当てにならない門人たちには頼らず、家中の者だけで藩邸の警固を徹底させていた。

妻女は今朝のうちに四谷塩町《よつやしおまち》の中《なか》屋敷へ避難させ、大崎《おおさき》の下《しも》屋敷からも藩士を集めて警固に当たらせている。

しかし、矩美だけは動かさぬつもりでいる。

江戸柳生一門に刃を向けた復讐鬼――柳生宗盈の最後の狙いは、自分の後釜に座った養嗣子の矩美のはず。

だからと言って、ここで逃がしては俊方の負け。

たとえ矩美の生命が断たれずとも、狙われて尻尾《しっぽ》を巻いたと世に噂を流されては一門の恥。将軍家剣術師範のお役目も辞退せざるを得なくなる。

敵はとことん狡猾《こうかつ》であった。

（あやつらしいやり口だ……）

兵四郎は、胸の内で悔しげにつぶやく。

柳生宗盈は、自分にとっても憎むべき仇敵であった。

もっと早く倒してさえおけば江戸柳生一門に、そして矩美に災いを為《な》すこともなかったはず。

そう思えば、悔やまずにはいられない。

兵四郎は矩美が好きである。

無邪気で無鉄砲で、子ども扱いされるのを何より嫌う、そんな一本気な少年のことを実の弟のように思っていた。

むろん、相手は柳生藩の後継ぎ。意行に念を押されるまでもなく、こちらから気易く接したりはしない。

とはいえ、矩美のほうから弱音を吐いてくれれば話は別。

「手を下せしはわが義兄上《あに》……いや、岡部の宗重めに相違あるまい」

「何故《なにゆえ》、そう判じられまするのか」

「義父上が亡骸を検めておられる様を見た。あやつの手癖がありありと残っておると仰せであった」

「右の手が勝りし太刀筋……ですか」

「うむ」

矩美はこくりと頷く。

「自ら証《あか》しを残していくとは、呆れた奴にございますな。拙者が申すのも何ではありますが、とても御指南役様のご薫陶《くんとう》を受けられし者とは思えませぬ……」

憤りを込めて、兵四郎はつぶやく。

宗盈が刀を打ち振るうときの手癖は、もとより承知の上。

柳生の剣でありながら高貴さがまるでなく、右手勝りの癖を直さず力任せに敵をぶった斬ることだけを目的とする我流の兇剣。それが宗盈の太刀筋である。

只《ただ》の人斬りならば形など尊ぶ必要はあるまい。

しかし、元はと言えば宗盈は江戸柳生の養嗣子。将軍家の御流儀《おりゅうぎ》たる柳生新陰流の修行をじっくり積んだ、いわば剣の英才教育を受けた身。

学び修めた技をいいとこ取りし、悪用するとは以《もっ》ての外《ほか》。かつて養父として指導に当たった俊方にしてみれば、許せるはずがないだろう。

そして矩美も、大いに責任を感じている様子だった。

「早《はよ》うに手を打つべきであった……」

「それは、御指南役様がお決めになられることでありましょう。若様までが思い詰めてはなりませぬぞ」

兵四郎は厳《おごそ》かに言上する。

気持ちを和《やわ》らげるために告げた一言だったが、勘に障《さわ》ったらしかった。

「違う！　おぬしに何が判ると申すか！」

語気も強く、矩美は兵四郎を怒鳴りつける。

つぶらな瞳が涙で一杯になっていた。

「私が悔いておるのは尾張の衆を死なせてしもうたことなのだ、兵四郎っ」

「えっ」

「覚えておろう。あの者たちを当家に迎えたのは、この私なのだぞ……」

「若様……」

兵四郎は昨秋の事件を思い出していた。

柳生宗盈は尾張柳生から十余名を脱藩させて江都に潜入させ、吉宗暗殺の尖兵《せんぺい》に仕立てようと目論んだことがある。

将軍家剣術師範の江戸柳生を羨《うらや》み、その江戸柳生を重く用いる吉宗を憎悪する過激派を引き抜くに及んだのだ。

かつて江戸柳生の養嗣子だったとはいえ、一人で為し得ることではない。

あのとき宗盈は尾張徳川家の宗春と手を組み、その伝手《つて》で尾張柳牛の不穏分子と接触したものと見なされていた。

いずれにせよ、もしも十余名の精鋭を一気に差し向けられていれば吉宗の命は無かったことだろう。意行も兵四郎も、そして藪田定八率いる御庭番衆も、不意打ちされてはとても対抗しきれなかったはず。

かかる危機を未然に防いでくれたのが、元服前の矩美だったのだ。

尾張柳生の不穏な動きを察知した矩美は自ら囮になって誘い出したものの多勢に無勢、危うく宗盈の兇剣に斬られかけた。その場に兵四郎は割って入って凄腕の宗盈と渡り合い、辛くも危機を救ったのである。

かくして命拾いした矩美は尾張柳生の男たちを咎《とが》めず、養父の俊方を説得して江戸柳生に迎え入れることができるように取り計らった。

愚行を恥じて自害しようとした十余名は感じ入り、新たな拠《よ》り所《どころ》となった江戸の柳生藩邸に身を寄せ、俊方と矩美の父子の許で勤めに励んできた。

そして昨夜、宗盈を討ち果たすべく立ち向かった三名が、大川端において無惨に斬り死にしてしまったのだ。

今、矩美は責任を感じて止まずにいる。

死なせぬために江戸柳生へ迎えた男たちを、自分のために惨死させてしまったという事実を前にして、耐えきれずにいるのだ。

「あの者たちに……も、申し訳が立たぬ……」

「…………」

嗚咽《おえつ》する矩美を前にして、兵四郎は何も言えずにいた。

兵四郎自身は、家臣を召し抱えたことなど一度もない。

意行というあるじに拾われ、この歳になるまで一介の奉公人として生きてきた身にすぎなかった。

しかし、矩美は違う。

十四歳の少年でありながら、人の上に立つことの重みを知っている。

そのあたりの馬鹿殿ならば、家臣が幾人斬り死にしたところで、まず気に留《と》めたりはしないはず。

亡骸に添えて形ばかりの弔慰金を遺族に下げ渡すにとどめ、扶持《ふち》をこれからは支給しなくて済んで幸いと考える奴も少なくあるまい。ほとんどの者が自責の念になど苛《さいな》まれぬことだろう。

矩美がそんな馬鹿殿であったならば、兵四郎も最初から仲良く付き合おうなどとは考えなかった。

たしかに、人の上に立つ身には時として非情さも必要であろう。配下の全員に甘く接するようではたちまち舐められ、組織は成り立たぬからだ。

とはいえ、非情すぎる者には誰も付いて来られない。

十余名の尾張柳生は柳生宗盈を見限った。一度は同調したものの冷血漢の宗盈をどうしても頭目と仰ぐことができずに離反し、行き場を無くした自分たちに子どもっぽくも真摯《しんし》な温情を示してくれた矩美に、進んで身を委ねたのだ。

だが、泣きべそをかいているばかりでは、せっかくの信頼も薄れてしまう。

ここは発破《はっぱ》を掛ける必要がありそうだった。

「元気をお出しなされ、若様」

肩を落としたままでいる矩美に、兵四郎は静かな口調で告げる。

「討ち死にされしお三方は若様を恨んでなどおられますまい……されど、悲しむばかりでは埒《らち》が明きませせぬぞ」

「え……?」

矩美は泣き濡れた顔を上げた。

「敵はまだ手を引いたわけではありませぬ。一万石の御家を潰し、備前守様を御指南役の座から追い落とすまでは、ご一門を狙い続けることでありましょう」

兵四郎は、いつしか語気を強めていた。

余計なことまで言っていると自覚しながらも、言葉が止まらない。

矩美はすっかり自信を喪失してしまっている。何とか奮起させてやらなくてはならなかった。

「手をこまねいていてよろしいのですか、若様!? このままでは世間に恥を晒《さら》すばかりにございますぞっ」

「……おぬし、何が言いたい？」

たちまち矩美の顔色が変わってきた。

その機を逃さず、兵四郎はずばりと言った。

「嘆き悲しんでおられる閑《ひま》があれば、もそっと腕を磨きなされ。さもなくば若様は辻斬り一人退治できぬ、腰抜けと呼ばれまするぞ」

「ぶ、無礼であろう！」

「言い過ぎましたかな。されど若様、世間の目とはそういうものです。名門の御家ほど、僅かでも落ち度があれば悪しざまに言われるのが世の常と覚えておいてくだされ」

兵四郎は、敢《あ》えて歯に衣《きぬ》を着せずに言った。

座敷の外では、家士たちが聞き耳を立てているのも承知の上。

それでも言わずにはいられなかった。

弱気になってしまった矩美を、何とかして奮《ふる》い立たせなくてはならない。

迫る危機に立ち向かうため、気を張っていてもらわなくてはならぬのだ。

宗盈が本気で江戸柳生を潰すつもりならば、いきなり俊方を襲うような愚挙になど及ぶまい。まずは門下の旗本たちを軽く蹴散らし、一門の名声に泥を塗った上で、次期当主たる矩美の一命を奪うはず。

たとえ強者の俊方を倒せずとも、その俊方が手塩に掛けて育てた後継者が命を落とせば痛手は大きく、江戸柳生は立ち直れなくなってしまう。

もしも兵四郎が宗盈の立場ならば、同じ策を取ることとだろう。

敵の野望を阻むには、狙われた矩美自身が暗殺剣をはね返し、返り討ちにするしかない。

まずは強敵に自ら立ち向かう闘志を、沸き立たせてやらなくてはなるまい。

「……兵四郎」

悔しそうに押し黙っていた矩美が、おもむろに口を開く。

「世間の目とやらは、どうすれば覆《くつがえ》すことができるのだ?」

「若様のお手で慮外者をご成敗なされませ」

「む……」

さらりと返された一言に、矩美は押し黙る。

凜々《りり》しい横顔が小刻みに震えている。

矩美は怖いのだ。宗盈を相手取る自信がないのだ。

たしかに、あの兇剣士に立ち向かうのは至難であろう。

刀を扱う上で直さなくてはならない悪《あ》しき手癖があるのみならず、その性根もねじ曲がっているとはいえ、相手は稀代《きたい》の手練《てだれ》。

江戸柳生の後継者の座から追われたとはいえ、その実力は掛け値抜きに秀《ひい》でている。幾度も刃を合わせた兵四郎自身、かつてない強敵だと見なしている。

しかも、矩美はまだ十四歳。

剣の才に恵まれており、日々修行を積んではいても、宗盈に立ち向かえるほどの腕はまだ培《つちか》われていないのだ。

それでも逃げてはなるまい。

このまま宗盈を野放しにしておけば、江戸柳生の名誉は地に落ちる。

背後で糸を引くのが野望多き徳川宗春なのは十中八九、間違いない。

しかし確証が摑めぬ以上、尾張藩そのものを敵に廻すのは避けたいところ。

今は宗盈に対し、江戸柳生に挑戦することも矩美を亡き者にすることも不可能だと思い知らせてやるのが先決。

そのためには、矩美自身が立ち上がる必要があるのだ。

周囲が動いて状況を打破しても、江戸柳生の威信は保たれない。

続発する辻斬りを憂慮しながら吉宗が救いの手を差し伸《の》べずにいるのも、そう思えばこそであった。

まして、一介の若党にすぎない兵四郎が先走るわけにはいかぬ。矩美のためにしてやれるのは、こうやって発破を掛けることのみ。

「やるのです！」

決意を促す兵四郎の口調は厳しい。

自分が無理を勧めているのは承知の上だった。

今、この場で矩美との縁を切られてしまっても構うまい。そこまで覚悟の上で厳しい言葉を口に出していた。

「お答えや如何《いか》に、若様？」

「……兵四郎」

応じて、矩美はすっと視線を上げる。もはや怯《おび》えてはいなかった。

「……まこと、私に為し得ると思うのか？」

「臆せずに挑みなされ。謹んで助太刀をさせていただきまする」

「ほ、真実《ほんとう》か？」

「若様が本気とあれば、拙者も一命を賭しまする」

澄んだ瞳を向けてくる少年に、兵四郎は頼もしく答えていた。

座敷の表を固めている、はぐれ尾張柳生の面々は、きっと不遜《ふそん》な奴と思い込んだことだろう。

だが、それでもいい。

兵四郎は心から、この少年剣士の役に立ちたかった。

田沼夫婦という庇護者《ひごしゃ》に恵まれたとはいえ、自分は天涯孤独の身。背負う家も有りはしない。

しかし、矩美は違う。

将軍家剣術師範のお役目を、柳生藩一万石を、いずれ背負って立つことになる立場なのだ。

それでいて、驕《おご》ったところがまったくない。

縁あって友情を結んだ兵四郎のことを軽んじたりせず、実の兄のように慕ってくれている。

なればこそ、合力《ごうりき》したいのだ。

矩美の窮地を救いたい。

この危機を乗り越え、名門を担うにふさわしい漢《おとこ》になってほしい。

ただただ、その一念であった。

「ご無礼を申しましたる段、ご容赦くだされ」

厳かに平伏し、兵四郎は辞去する。

もう矩美に任せておいても大丈夫。そう判断したのだ。

「行ってしまうのか、兵四郎！」

「拙者が入り用になられましたら、いつでもお呼びくだされ」

すがるような矩美の視線を外し、障子を開く。

廊下に出たとたん、刺すような殺気が全身に襲い来る。

陽光のきつさなど比較にならない。研ぎすまされた刃にも似た、剣術使いならではの鋭い気迫であった。

「…………」

兵四郎は黙然と廊下を進んでいく。

息を丹田《たんでん》に落とし込み、気迫に打ち倒されぬようにしていた。

自分たちの手で矩美を護らんと志す、はぐれ尾張柳生の家士たちが、兵四郎に対して嫉妬《しっと》するのは当然のこと。

それでも、兵四郎を取り囲んで殴りつけるような真似はしない。

武士たる者には矜持《きょうじ》がある。

胸の内に不満があっても、つまらぬ直接行動に出てはならないのだ。

まして主家の若殿が重んじる相手ならば、たとえ軽輩の若党といえども敬意を払って接しなくてはならなかった。

廊下の端で待機していた家士も、露骨な態度は取らなかった。

無言のまま先に立ち、兵四郎を玄関へと誘《いざな》っていく。

自身は脇差のみを帯び、こちらが預けた大脇差を右手に提げ持っている。

（いつでも抜けそうだな）

家士の背後を歩きながら、兵四郎はそう察していた。

危害を加える意志がないと示すため、鞘に納めた刀は利き手に——武家では左利きであっても幼少の頃から矯正される、右手に持つのが客人の前での常識。刀を提げ持つときには柄を前に出し、腰の高さにするので、左手で持っていればちょうど左腰に差しているのと同じ状態になり、いつでも抜き打つことができる。

これでは客人が自分を斬るつもりなのかと不快に思ってしまうので、気を付けなくてはならない。

しかし、その気になれば左手でも刀は抜ける。

まして柳生新陰流の抜刀勢法には、鯉口を切る所作がない。他流派のように鍔《つば》をわざわざ親指で押し出さなくても、柄と鞘を同時に引けば抜けるのを兵四郎は知っている。仇敵の宗盈がそうしていたからだ。

柳生の抜刀勢法に独特のやり方ならば、たとえ腰に差しているのとは逆の状態になっていても左手で柄を、右手で鞘の鍔元を握り込み、速やかに鞘走らせるのが可能と見なしていい。

しかも、この家士は相当に腕が立つ。

足幅を一定に保ち、つま先を上げて歩を進めるのは古流剣術を修めた者に独特の体の動かし方。

それだけならば他の家士たちも同じだが、寸分の隙も見出せない。

案内の家士は、後ろを歩く兵四郎が廊下の右に寄れば左へ、左に寄れば右へと速やかに移動し、進む方向と間合いを一定に保っていた。

むろん、兵四郎はどたどたと動いてはいない。

にも拘わらず、ほんのちょっと角度を変えただけで家士は即座に反応する。まるで背中に目が付いているかのようだった。

剣術修行では、背後の気配をいち早く察知する勘を養うのも肝要。意行を師として剣を学んだ兵四郎は、忍びの術とはまた違う、兵法者に独特の勘働きを少年の頃から培ってきた。

だが、この家士は自分の上を行っている。

(できるな……)

昨年の秋に矩美を救ったときから、見覚えのある顔だった。

角張った顎に、大きく張り出した額。いかにも意志の強そうな顔立ち。眉毛は黒々と太く、黒目がちの双眸は獲物を狙う鷹の如く鋭い。

二人は一言も交わすことなく、長い廊下を渡っていく。

間合いは、およそ三歩。

その気になれば一気に詰められる距離。

兵四郎は歩を進めながら、手のひらの汗を袴で拭う。

こちらは三百俵取りの旗本に仕える一介の若党。

相手は一万石とはいえ、歴《れっき》とした大名家の家臣。

向こうがその気になれば、いつ斬られても文句が言えぬ状況だった。

武士同士ならば、刃を向け合えば両成敗が当たり前。しかし兵四郎は士分ではないため、若君の矩美に無礼な言葉を吐いたという理由を付けられれば、あるじの意行も何も言えない。只の斬られ損になるのが落ち。

玄関が見えてきた。

式台《しきだい》に立ったとたん、かっと陽光が照り付けてくる。

その眼前で、おもむろに門が開かれた。

藩邸の中間たちは、わざわざ兵四郎のために開けてくれたわけではない。

武家屋敷では、主君以外の者は脇の潜り戸から出入りする。この藩邸のあるじである柳生備前守俊方が、剣術師範の勤めを終えて下城したのだ。

兵四郎はさっと式台から飛び降り、石畳の上で平伏する。

まだ大脇差を預かったままの家士も、兵四郎の傍らで膝を揃えた。

乗物――専用の駕籠《かご》が式台に横付けされる。

足音を立てることなく、俊方は降り立った。

「面《おもて》を上げられい」

呼びかけてくる声に応じて、兵四郎はすっと見上げる。

将軍家剣術師範は先日と同じ、威厳に満ちた立ち姿を示していた。

「そなた、田沼殿の若党であったな」

「御意。白羽兵四郎にございまする」

折り目正しく答える兵四郎に、俊方は続けて問いかける。

「して、本日は何用で参ったか」

「は……！」

問いかけに答えようとした刹那、ぶわっと殺気が押し寄せる。

式台の上から、俊方が気を放ったのだ。

一流を極めた兵法者は、放つ気合いも尋常ではない。

発声とは違う。無言のまま放つ闘気である。

そこに打物が加われば、硬い岩をも砕くことが可能。古《いにしえ》から各地に伝えられる達人の伝説は絵空事ではない。

先程の家士たちなど、問題にならぬほどの衝撃だった。まともに受け止めたら失神しそうな、激しい気迫の奔流だ。

兵四郎はとっさに体《たい》を捌いていた。

正座した状態から膝のばねを利かせて跳び、後方の玉砂利に降り立ったのだ。

貴人が相手となれば、たとえ刀を抜き付けられても、こちらは刃を向けるわけにはいかない。あくまで素手のまま、身構えたのみだった。

着衣の下の隠し武器には、手を触れてもいない。先程の家士がもしも抜刀したならば応じていただろうが、さすがに兵四郎は分を弁えていた。

「見事」

告げる俊方の口調は淡々としていた。

それでいて、兵四郎に向けられた視線は熱っぽい。

「そなたにならば、矩美を託せそうじゃ」

「え……?」

解せぬ様子の兵四郎をよそに、俊方は居並ぶ一同に人払いを命じた。

案内の家士も無言のまま、大脇差を式台の端に置いて立ち去る。内心はどうであろうと、あるじの命令は絶対だからだ。

二人きりになるのを待って、俊方は語りかけてくる。

「そなたは過日、上様と矩美の立ち合いを覗き見ていたであろう。締戸番《しめとばん》の藪田に締め上げられてもおったな」

「は、はっ」

すべてお見通しだったらしい。

「安堵せい。咎めはせぬ」

恐縮しきりの兵四郎に、俊方は微笑みかける。元が厳《いか》つい顔付きだけに、余人の何倍にも優しく見えた。

その笑顔に釣り込まれるようにして、兵四郎は問いかける。

「して御指南役様、若様を託されるとの仰せは一体？」

「本来ならば、家中の者に任せるべきことであろうがな……」

つぶやく俊方の口元が、ふっと歪む。

兵四郎の質問に不快の念を覚えたわけではない。このような頼み事をしなくてはならぬ己自身に、不甲斐なさを覚えていたのであった。

「御城中にて越前守殿より聞いた。おぬしら主従に昨夜の件を明かしたとな」

「は……」

「諸方に心配をかけるばかりで、まこと申し訳なき限りじゃ……」

明るい陽光の下で、俊方は溜め息を吐《つ》く。

意行と兵四郎に情報をもたらした大岡のことも、責めてはいない。宗盈の暴走をいつまでも止められずにいることを、心から情けなく思っているのだ。

宗盈はすでに、江戸柳生の者を十三名も葬り去っている。

遠からず、矩美に狙いを定めてくるのは目に見えていた。

門下の人々を先に斬りまくっているのは、明らかな脅し。それでいて、かつて養父だった俊方に挑んでこない辺《あた》りが情けない。

いっそ自分が狙われれば、俊方も気が楽なことであろう。

実力は遥かに上なのだし、逆恨みをしている者に今さら義理の父子だった過去への情など絡《から》める必要もあるまい。

だが、宗盈は直接攻撃を仕掛けてこようとはしない。

あくまで陰に隠れて姑息《こそく》に、じわじわと、江戸柳生の評判を落とすことに力を入れている。そのために辻斬りを繰り返したのだ。

「柳生宗盈……許し難《がた》き輩《やから》です」

「おぬし、あやつが仕業と存じておったのか」

「若様より、亡骸の有り様についてお聞きしました。右が勝りし手癖、あの者と見なしてよろしいでしょう」

「そうか、おぬしは宗盈……いや、岡部宗重とやり合《お》うたことがあるのだな」

「は」

「やはり、強いであろう？」

「尋常ならざる使い手にございます。しかも、立ち合うたびに強さを増しておりまする」

「江戸柳生憎しの一念で業前《わざまえ》を錬っておるのだろうな……その態度、わが養嗣子であった頃に示しておればよかったものを」

俊方は、重ねて溜め息を吐かずにはいられない。

それにしても、憎むべき所業の根底には如何なる思惑があるのだろう。

太刀打ちできない俊方の実力を恐れているのか。それとも、自分に代わって養嗣子となった矩美を徹底して苦しめたいのか。

いずれにしても宗盈は江都のどこかに身を隠し、江戸柳生一門の権威を貶《おとし》めるべく次の策を練っているはず。

「かくなる上は、あやつを討たねばどうにもなるまい」

「かつてはご養子だったと申されますのに、よろしいのですか」

「左様。柳生一万石のため……いや、上様に御指南申し上げる立場ゆえに、そうせねばなるまいと心得ておる」

「では、御《おん》自ら討たれるのですか」

「願わくばそうしたいがの、その任は矩美に委ねなくてはならぬ」

「それで、若様を拙者に託されると……」

俊方の言葉を耳にして、兵四郎はつぶやく。

息子を死地に送り出す決意を固めているとなれば、こちらも全力で助太刀をしなくてはなるまい。もとより覚悟の上である。

しかし、問題なのは宗盈の行方《ゆきかた》だった。

隠れ家として最も疑わしいのは内藤新宿《ないとうしんじゅく》に近い戸山《とやま》の尾張藩下屋敷だが、畏《おそ》れ多くも御三家の屋敷へ不用意に踏み込むわけにもいかない。兵四郎や御庭番衆であれば忍び込むのも十分可能だが、それでは事件は解決できぬ。潜入して摑んできた証拠など、尾張藩が認めるはずもない。

尾張の現藩主である継友公は気弱な質で、末弟の宗春の行状にはまったく関与している節が見受けられなかった。

事は宗春と宗盈、悪しき二人組の企みと見なすべき。

いずれも大名家の御曹司であるだけに攻めにくいが、このままでは江戸柳生は窮地に陥るばかり。

第一、幼い矩美をこれ以上は悩ませたくない。

兵四郎の切なる願いは、父親として俊方が望むところでもあった。

「矩美は責を感じる気持ちが強い。強すぎるほどにの」

「……お察し申し上げまする、御指南役様」

「ならば、力を貸してくれるか」

「謹んで承ります」

「しかと頼むぞ」

そう告げるや、俊方は兵四郎に向かって立礼する。

天下の将軍家剣術師範が、一介の若党に頭を下げたのだ。

「も、勿体《もったい》のうございまする」

兵四郎は慌てて押し止める。

そのとたん、周囲を取り巻いていた殺気がふっと解ける。

二人のやり取りを物陰から見守っていた、はぐれ尾張柳生の家士たちが、一斉に気を放つのを止めたのだ。

これ以上、兵四郎に嫉妬をしてはならない。

矩美を護るためには張り合わず、むしろ甘んじて受け入れるべし。そう考えを改めてくれたらしかった。

六

兵四郎は程なく柳生藩邸を後にした。

陽はだいぶ西の空に傾いている。

長い一日だった。

大名家の、それも将軍家剣術師範たる柳生藩の内情にここまで深入りすることになろうとは、最初は思ってもみなかった。

信頼を預けてもらえるのは嬉しいが、果たして期待に応えられるだろうか。

兵四郎は不安になりつつあった。

矩美のために力を尽くしたいという気持ちそのものに、嘘はない。

しかし、どこから手を付けるべきか見当が付かなかった。

事態を解決する一番の早道は宗盈の居場所を突き止め、公の場において対決に及ぶことだ。矩美が宗盈相手に果たし合いをするとなれば、介添え役に名乗り出て助太刀をすればいい。

だが、肝心の敵は決して表には出てこない。

辻斬りの現場を押さえ、身柄を拘束するか。

それとも、尾張藩邸からおびき出すか。

いずれにせよ、矩美には正々堂々と決着を付けさせなくては意味がない。

柳生備前守俊方の願いは、養嗣子たる矩美の命を護るだけとは違う。失墜した江戸柳生の権威を復活させ、将軍家剣術師範たる一門の威厳を取り戻さなくてはならぬと考えていた。なればこそ裏で討ち滅ぼすのではなく、公の場での決着を望んでいるのだ。

そこまで本音を明かされた以上、こちらも労を惜しむつもりはなかった。

とはいえ、やはり兵四郎だけの力では埒が明きそうにない。

(殿に打ち明けねばなるまい……)

躊躇《ためら》われることであった。

出がけに意行から言われた範囲を遥かに逸脱し、不遜きわまる態度を矩美に示してしまったからだ。

宗盈との一騎討ちを勧めたばかりか、説教までしたと知れれば大目玉を喰らうのは必定。

それでも、知恵を借りるためには有りの儘《まま》を告げなくてはならない。

兵四郎は一路、田安御門内の田沼屋敷を目指して急ぐ。

夕暮れ前の雑踏を足早に抜けていく足取りは敏捷《びんしょう》そのもの。行き交う者は袖が触れ合っても気が付かず、風でも吹き抜けたかと思うばかりだった。

田沼屋敷に着いたのは、ちょうど日が暮れ始めた頃。柳生藩邸のある大横町を出てから、まだ半刻（約一時間）も経っていない。

あるじの意行は奥の私室で筆を執り、歌作《かさく》に熱中していた。

意行はかねてより高名な歌道家の冷泉為元《れいぜいためもと》に師事し、京の都と書簡をやり取りする形で指導を受けている。

単なる道楽ではない。

今日びは弓馬の道だけでは出世が難しい現実を踏まえ、教養を身に付けるべく寸暇を惜しんで努力しているのだ。今日も兵四郎を送り出してから、ずっと文机《ふづくえ》に向かっていたらしい。

「ただいま戻りました、殿」

「大儀であったな、兵四郎」

意行は顔を上げ、労《ねぎら》いの声をかけてくれた。

端整な面に疲れの色がありありと滲《にじ》んでいる。兵四郎には想像も付かぬことであるが、ものを書くというのは存外に体力を消耗することのようだった。

「どれ、麦湯でも飲むか……」

「拙者がいたしまする」

腰を上げかけたのを慌てて制し、兵四郎は脇に置かれた盆に躙《にじ》り寄る。

見るのも気の毒なほど、意行は疲労困憊《こんぱい》していた。

愛用の文机の上にはいつも持ち歩いている歌作用の帳面が、筆硯《ひっけん》と巻紙と一緒に置かれている。

勤めの合間に書きためた三十一文字《みそひともじ》の中から上出来なのを選び出し、師の為元に添削を仰ぐため清書していたのだ。

おおむね作業は終わったらしく、意行はほっとした表情を浮かべている。

「ああ、美味い。甘露《かんろ》であるなぁ」

兵四郎が土瓶から注いだ麦湯を、美味そうにぐいと飲み干す。

その横顔を、兵四郎は戸惑った様子で見やるばかり。

「何としたのだ、兵四郎？」

意行が怪訝《けげん》そうに問うてくる。

「思ったこと言わざるは腹ふくるる業《わざ》であるぞ。遠慮のう申せ」

「されば、申し上げまする」

兵四郎は意を決し、一部始終を打ち明けた。

「……左様であったか」

叱られるかと思いきや、意行の反応は落ち着いたものだった。

「若君のみの我が儘には非ず、備前守様がご所望となれば是非もない。お望みのままにして差し上げるのだ」

「あ、有難う存じまする！」

「お役に立てば何よりじゃ」

疲れの残る顔で微笑みつつ、意行は続けて言った。

「されどな兵四郎、尾張との宿縁は柳生の若君が背負いし責。こたびは慮外者の兇刃より御身を護って差し上げねばなるまいが、向後は余計なことを申し上げてはならぬ。肝に銘じよ」

「心得まする」

逆らわず、兵四郎は深々と頭《こうべ》を垂れる。とりあえず意行の許しを得た上で矩美の力になることができて、すっかり安堵していた。

それにしても、名門の後継ぎというのは大変なものだ。

元はと言えば身内のごたごたで恨みを買っただけなのに、なまじ名誉の役職に就いているがために身命を賭さなくてはならない。

きつい立場の矩美に寄せる同情の念が、ふと兵四郎の口を突いて出た。

「名のある家を継ぐとは幸せなことなのでありましょうか、殿？」

「一概には言えまいが、の……」

戯《ざ》れ言《ごと》として聞き流すかと思いきや、意行は静かな口調で答える。

しかも、予想外の回答であった。

「この儂とて、願わくば名家に生まれたかったわ」

「え……」

「知っての通り、わが田沼家は足軽上がり。たとえ子孫が栄えようとも元は軽輩と、永きに亘って陰口を叩かれるは必定。げに口惜しきことぞ」

「何と申されます、殿？」

「本音じゃよ。なればこそ、儂は上様より影の御用を承ったのだからな」

「な、何故にございますのか」

「影の御用を全ういたさば、息子に恵まれし折にはお引き立てを賜ることになっておる。儂の代では小姓どまりであろうが、わが子は必ずや柳営（幕府）の要職に就かせてやりたいので……な」

「殿……」

「鴨井《かもい》には明かせしことなれど、そなたには言えなんだ。許せ」

「……」

思いがけない告白に、兵四郎は戸惑いを隠せない。

兵四郎が知っている田沼意行は真面目一筋、吉宗に寄せる尊崇の念ゆえに粉骨砕身、労を惜しまずに働く好人物のはずだった。

だが、実態は違っていたらしい。

田沼一族は意行の曾祖父に当たる吉次《よしつぐ》の代から紀州藩に仕官したものの、永らく足軽のままだった。だから次の代には名家たらしめるため、自分は命を懸けた影の御用に就いている。意行はそう言っているのだ。

「それほどまでに出自《しゅつじ》がご不満でありましたのか、殿」

「……うむ」

兵四郎の率直な問いかけに、意行は苦笑しながらも答えてくれた。

「そなたには父親《ておや》代わりとして、生まれいづる源《みなもと》を軽んじてはならぬと幼き頃より繰り返し説いてきたがの、やはり出世を望まずにはいられぬものぞ。恥ずかしきことだが、これも人の性《さが》と申すべきかのぅ」

「左様にございまするか……」

嘆息を漏らす意行に、兵四郎は淡々と頷き返す。

人は皆、高みを目指さずにいられぬものらしい。

しかも、誰もが意行のように地道な努力を重ねたりはしない。労せずに、策を弄《ろう》して高い地位を手に入れようと目論む輩が大多数なのだ。

徳川宗春は、そんな悪しき輩の典型と言えよう。

これまでに得られた情報を総合して判じる限り、宗春は尾張藩主の座を狙っているると見なしていい。

先代藩主の十九男である宗春は公儀より譜代衆に任じられ、江都で悠々自適の暮らしを送っている。そんな何不自由ない立場のはずなのに柳生宗冬の如き外道と手を組み、悪しき謀《はかりごと》を次々と実行に移している。

確たる証拠が得られなくては、表立って裁くわけにはいかない。

しかし、このまま放っておくわけにもいかなかった。

出世を望むのが人の性ならば、そのこと自体を否定はするまい。

されど、我欲を満たすため余人に迷惑をかけるのは許されるべきではない。

少なくとも、あるじの意行は違う。

吉宗のお膝元である江都の治安を支えるため影の御用を承り、人知れず身命を賭して戦っている。

その目的が大枚の報酬を得たり、女色を漁るためだったならば、兵四郎も愛想尽かしをしたくなったはず。

だが、意行の目的は慎ましい。

まだ生まれてもいない息子の出世と引き換えに、命懸けで密命を果たすことを引き受けただけなのだ。

現状に満足できていないからといって倦《う》まず、家の将来をわが子に託すために道筋を付けてやろうというのは、むしろ前向きな発想と言えよう。

もとより、兵四郎には何の不満もない。影の御用を一件果たすたびに吉宗からは褒美の金子が出ているし、共に特命集団に加わっている鴨井芹之介《せりのすけ》も今まで不平ひとつ口にしたことはなかった。

このままで構うまい。

それに、将軍の密命を奉じる立場だからこそ可能なこともある。

もしも意行が只の小姓にすぎず、兵四郎が一介の若党であったならば、こたびの江戸柳生の窮地にも関与することはできなかったはず。対岸の火事として看過するのみで、そもそも拘わろうとも思わなかっただろう。

兵四郎は意行が束ねる特命集団の一員だったがために、柳生矩美という少年と出会った。

本来ならば知り合うこともなかったはずの名家の後継ぎと邂逅《かいこう》し、身分の違いを超えて親しく接するに至った。

これを僥倖《ぎょうこう》と言わずして、何としよう。

「人の世とは不思議なものにございますね、殿」

「うん？」

兵四郎のつぶやきに、今度は意行がきょとんとする番。

「お仲間に加えていただきしこと、衷心《ちゅうしん》より御礼申し上げまする」

「さ、左様か」

「夕餉のお支度を手伝《てつど》うて参ります故、これにて失礼仕りまする」

戸惑う意行に恭《うやうや》しく一礼し、兵四郎は席を立つ。

台所へ向かって廊下を進み行く足取りは軽やかなものだった。

七

それから十日が過ぎ、六月も中旬に至った。

陽暦ならば七月半ば。夏の暑さもいよいよ厳しい。

江戸柳生門下の旗本を標的とする凶行は、ぴたりと止んだままである。

その代わり、思わぬ事態が出来《しゅったい》した。

尾張藩の名義で、柳生藩にさる申し入れが為されたのだ。

まだ本決まりにはなっていないが、事と次第によっては将軍の名誉にも拘わる一大事であった。


江戸城中での町奉行の詰所は、本丸内の芙蓉之間《ふようのま》。

北町、南町、中町の三奉行の共用だが、同僚たちが老中などに召し出されて席を外していれば広々と使うことができる。

「さ、遠慮しねぇで入ってくんな」

伝法な口調で呼びかけたのは、南町奉行の大岡忠相。

招じ入れられたのは田沼意行と藪田定八。

両名共に、本来は足を踏み入れるのも許されぬ場所。

茶坊主たちまで遠ざけて、意行と定八が人目を避けつつ罷《まか》り越したのは、尾張藩の真意について意見を交わすため。

「尾州様にはお会いになられましたのか、お奉行……」

「ああ。躬《み》（自分）は何も命じてはおらぬって、狐につままれたような顔をしていなすったぜ。一体《いってぇ》、どこのどいつの差し金なんだろうなぁ」

声を低めて問いかけた定八に、大岡は納得が行かぬ様子で答える。

一方の意行は黙したまま、何やら考え込んでいる。

と、そこに耳障りな足音が聞こえてきた。

わざと騒々しく歩を進めているのだ。

「何でぇ、人払いをしてあるってのに……！」

険しく見返した次の瞬間、大岡は慌てて平伏する。

意行と定八は、いち早く面を下げていた。

「そのまま、そのまま」

鷹揚《おうよう》に告げながら入ってきたのは徳川宗春。

規則違反で入り込んでいる二人を咎めもせず、にこにこしている。

「越前殿のお召しか。そなたらも何かと大儀であるな」

「痛み入りまする」

折り目正しく答える意行をよそに、宗春は問いかけた。

「時にそなたら、尾州がどうとか申しておったであろう。違うかな」

「は……」

思わず言葉に詰まった定八を、宗春は可笑《おか》しそうに見やる。

「密を要する話ならば、声を潜めることじゃ。床に耳あり障子に目ありと申すであろうが？」

「隠し事などございませぬぞ」

答えられぬ定八に代わり、堂々と言い放ったのは大岡。

こういうときには開き直るのも上策。そう判じての行動だった。

「談じておったのは備前守殿が申し入れられし試合の一件にござる。件《くだん》の辻斬りが横行せし最中に江戸と尾張の柳生で雌雄を決されようとは、ちと剣呑《けんのん》なお話でありますな。しかも尾州公にはご存じなきこととは、これは如何なる仕儀でありましょう？」

いつもの伝法な口調を改め、重々しく問い返す。

しかし、宗春はまったく動じない。

「兄上が存ぜぬのも無理はなかろう。それは躬一人の考えであるからな」

「貴公の？」

「左様、左様」

優美な細面に微笑を絶やさず、宗春は悠然と言葉を続ける。

「上様には大層な武芸好みと聞き及んでおる故、わが柳生の強さをご披露せんと思い立ったまでのこと。試合と申さば大事だが、仮に備前守殿のご一門が敗れたところで御指南役のお立場は左右されるまい。ま、続けられればの話だが」

「それは脅しでありますかな」

「埒もないことを……勝負は時の運と申すであろうが？　はははははは」

大岡の疑念を一笑に付し、宗春は裃《かみしも》の裾を捌いて踵を返す。

明らかな挑戦の態度だった。

もしも同じ流派同士で試合をして敗れれば、将軍家剣術師範の名声はたちまち地に落ちてしまう。

江戸柳生の当主に剣を学ぶ、吉宗の威信にも拘わりかねない。

何としたものか――。

そんな一同の焦りをよそに、宗春はほくそ笑みながら松之廊下を渡り行く。

「愉快、愉快」

その整った横顔は、絶対の自信に満ち満ちていた。

宗春が去った後、大岡たちは暗い顔を見合わせるばかりであった。

こうなってしまえば、宗盈を探し出して矩美と対決させるどころではない。

辻斬りによる脅しは十分と判じ、宗春は江戸柳生を正面から潰しにかかろうとしているのだ。

にわかには信じ難い話である。

権力欲の赴くままに動く宗春はともかく、尾張柳生の一門は剣の道にのみ邁進《まいしん》する高潔な集団のはず。将軍家の剣術師範である江戸柳生に対し、代々の宗家は尾張藩主に指南する役目を担っている。宗春にたぶらかされるような者たちとも思えない。

「眉唾じゃねぇのかな。どうだい？」

「はきとは申せませぬ……」

大岡の問いかけに、定八は明瞭な答えを出せなかった。

果たして尾張柳生はどう動くつもりなのか。

一体、どこまで宗春の意を汲んでいるのか。

御庭番衆を以てしても、真相を探るのは至難であった。

最も確実な方法は、現地へ赴くこと。

東海道を西へ辿り、尾張藩に潜入して調べ上げるのだ。

むろん、容易ならざる話である。

宗春の工作によって尾張柳生が江戸柳生に、ひいては公儀に対して反感を抱くようになっていたならば、むざむざ死にに行くようなもの。

それでも、やらなければ埒が明かない。

今や尾張藩邸は守りが堅く、兵四郎や定八でも容易には忍び込めぬほど警戒が厳重になっていた。宗春が指示を出し、自分が根城にしている下屋敷はむろんのこと、兄の継友が寝起きする上屋敷までがっちり周囲を固めさせているのだ。

警固の者の中に尾張柳生一門の者がいれば、強引に接触して真相を聞き出すという手も打てるだろう。しかし現宗家の柳生兵庫厳延《ひょうごよしのぶ》をはじめ、主だった面々はまだ国許に留まったままだという。

「江戸入りしたならば、話は真実になるってわけかい……」

つぶやく大岡の面持ちは暗い。

そのときを大人しく、指をくわえて待っているわけにもいくまい。

「やむを得ますまい。されば、某《それがし》が……」

意行が申し出ようとした、その刹那。

「拙者にやらせてくださいっ！」

天井の板がすっと開き、兵四郎が畳の上に降り立った。

「控えよ、兵四郎っ」

意行の叱責にも耳を傾けず、がばっと平伏する。

「これ以上、柳生の方々を相争わせたくはありませぬ！　どうか、拙者を尾張に遣《や》ってください！」

決意を込めた申し出に、大岡も定八も異を唱えはしなかった。

「どっちみち手詰まりなんだ。一丁やらせてみようじゃねぇか、意行さん」

そう言って宥《なだ》める大岡に続き、定八は真摯《しんし》に語りかける。

「兵四郎ならば任を果たしてくれるであろう。それに、可愛い子には旅をさせよと申すであろう？」

「藪田殿……」

「おぬしは兵四郎の父親代わりであろうが？　子を持つ身として言わせてもらうがの、親というものはまず、わが子を信じて任せることができねばならぬのだ」

説得力ある物言いに、意行は黙って頷く。

かくして兵四郎は単身、尾張へ向けて旅立つ運びとなった。

八

この年、吉宗は江戸郊外の警備を強化させていた。

とりわけ重視したのが、江戸周辺の鉄砲の取り締まり。

鳥獣の害を防ぐために村単位で所有するのはともかく、個人で所持したり使用したりするのを徹底して禁じたのだ。

吉宗は意行と定八に対し、鉄砲狩りの手伝いを命じたばかりだった。

大人しく応じる者は、村役人に相手をさせれば事足りる。

問題なのは密猟に乱用する由々しき手合い。鳥や獣を撃つだけならばまだしも追《お》い剝《は》ぎに悪用する無頼の徒が、江都の郊外には大勢巣くっている。

そんな悪党どもをこの機に一掃させるべく、吉宗は特命集団と御庭番衆に指令を発したのだ。

こうなると、意行は勝手に江戸から離れられない。

すべてを託し、年若い配下を危地へ送り出すより他になかった。

「頼むぞ、兵四郎」

「心して参りまする」

暗がりの中、兵四郎は草鞋《わらじ》の緒を締める。

極秘の旅立ちとなれば、親しい人々と別れの挨拶を交わすことも控えなくてはならない。身内同様の付き合いをしている木場《きば》の太丸屋《たまるや》はもとより意行の愛妻の辰、そして屋敷の奉公人仲間にさえ黙ったままの出立であった。

「万が一のときは、みんなには紀州に帰ったとでも言っておいてください」

「……兵四郎」

「殿を恨んだりはしませんよ。どうぞお達者で……」

振り向くこともなく、兵四郎は田沼屋敷を後にする。

旅立ちの装いは、いつも着ている茶染めの筒袖に馬乗り袴。袴はもともと細身に仕立ててあるので歩きやすく、尾張を目指す長旅にも障りはない。道中の荷物も最小限に抑えていた。

東海道の玄関口は品川宿。

日本橋から二里（約七・八五キロメートル）。東海道五十三次の一宿目。

夏場の夜明けは早い。

浜辺に立った兵四郎は、眩《まぶ》しげに江戸湾を見やる。

と、その前に小さな影が差してきた。

「わ、若様!?」

「おぬし一人では頼りないからな、私も付いていってやろう」

得意げに告げてきたのは柳生矩美。

皆に黙って、屋敷をこっそり抜け出してきたのだ。

「む、無茶をなさってはいけませんっ」

兵四郎は血相を変えた。

「ど、道中には関所もございまする。柳生様の若君と知れたならば、大事でありましょうぞ！」

もっともな懸念である。

大名は正室とその子どもを江戸表の藩邸に留め置かねばならない。公儀の許可も得ずに江都を抜け出せば罪に問われる。兵四郎が慌てるのも当然だ。

しかし、当の矩美はあっけらかんとしている。

「大事ないよ。さ、この態《なり》を見てくれ。義父上がお若き頃に用いておられた品々を拝借した故、ひとかどの兵法者と映るであろう?」

自慢しながら、くるりと回ってみせるほどの余裕さえ持ち合わせている。慌てふためく兵四郎のほうが滑稽に見えていた。

たしかに旅の剣術修行者になりすませば関所で足止めを食うこともなく、手形を所持していなくてもごまかしが利くはず。

事実、矩美は年少の身とはいえ柳生の剣の基本が会得できている。

武者修行中と称したところで、誰も疑うまい。少年でありながら感心なことだと見なされることだろうし、いざとなったら兵四郎に従者を装って芝居を打ってもらえばいい。得意の七方出《しちほうで》(変装術)を以てすれば、関所役人の目を欺くなど容易いはず。

すべてを計算した上で、矩美は屋敷を抜け出してきたのだ。

兵四郎の励ましに応え、己自身の手で決着を付けるために——。

「急ぎ参ろうぞ、兵四郎!」

矩美は軽やかに駆け出していく。

波打ち際を走る足取りは軽やかだった。

「お待ちなされ、若様っ」

「はっはっは。ここまでお出で～」

二十二歳と十四歳。

傍目《はため》には主従と言うより、仲の良い兄弟に見えることだろう。

（かくなる上は、何としても守り抜かねばなるまい……）

思わず微笑みを誘われつつ、兵四郎はそう肝《きも》に銘《めい》じていた。

第三章　尾張暗殺陣・中編

一

六郷川《ろくごうがわ》を越えると、いよいよ旅が始まった気分になれる。

まだ夜は明けたばかり。

朝の陽光が柔らかく、二人を乗せた渡し船に降り注いでいる。

煌《きら》めく川面を吹き渡る風も気持ちいい。

川崎宿は江戸から四里半（約一七・七キロメートル）。

六郷川と呼ばれる多摩川の下流域には橋が無く、渡し船で越えたところに宿場町が広がっている。

東海道を西へ上る者は食事をしたり休憩したり、下る者は江戸に入る前の一泊に利用しており、街道の左手には厄除《やくよ》けで知られる川崎大師こと平間寺《へいけんじ》へと続く参道があるので、一年を通じて参詣の人々で賑わっていた。

「ん？」

船着場に降り立ったとたん、矩美が鼻をひくひくさせた。

すぐ右手に一膳飯屋が建っている。

江戸市中と違って、街道筋には手軽に食事を摂《と》ることのできる店が多い。

渡し船を待つ客相手の飯屋は、早朝から店を開けていた。

「朝餉《あさげ》を召し上がりますか、若様」

「そう言うてくれるのを待っていたのだ」

兵四郎がさりげなく呼びかけるのに、矩美《のりよし》は満面の笑顔で応じる。

そのとたん、ぐぅと腹が鳴った。

「やや、これはしたり」

苦笑する様も微笑ましい。

噴き出しそうになるのを堪《こら》えて、兵四郎は矩美を店先に案内する。

空いていた床几《しょうぎ》に掛けさせ、一握りの銅銭を店の親爺に渡す。

引き換えに、湯気の立つ盆が運ばれてくる。

期待を込めて視線を向けた矩美が、たちまち呆気《あっけ》に取られた顔になる。

盆に載っていたのは丼に盛った麦飯と根深汁《ねぶかじる》、そして申し訳程度に添えられた胡瓜《きゅうり》の浅漬けのみ。質素きわまる献立だった。

「こ、これだけなのか？」

「民《たみ》にとりましては当たり前の食事にございまするぞ」

箸を渡してやりながら、兵四郎は説き聞かせる。

「畏《おそ》れながら若様には、これより先の道中にて下々《しもじも》の暮らしぶりに慣れていただかねばなりません」

「それはまた、何故にじゃ」

「お考えくだされ……徒歩《かち》にて道中する身を装うていながら分不相応な散財などいたさば、たちどころに怪しまれまする」

「さもあろうが、これでは」

「贅沢を申されてはなりませぬ」

言葉こそ丁寧だが、有無を言わせぬ口調。かつての兵四郎からは示されたことのない態度であった。

「わ、判った」

目を白黒させつつ、矩美は箸を取る。

一口嚙み締めたとたん、また戸惑った顔になる。

「何とされましたか、若様」

「……異《い》な味がするぞ、兵四郎」

そう言ったのも無理はなかった。

飯には麦だけでなく、稗《ひえ》と粟《あわ》まで混ぜ込んである。おまけに米は糠《ぬか》を落としていない状態のまま。

嚙むのも一苦労の玄米は、慣れぬと食べにくい。

矩美とて、剣の一門の養嗣子《ようしし》として厳しく育てられた身。日頃からの食生活も決して贅沢三昧ではなかったが、江都では武家と町家《ちようか》の別を問わず、飯といえば白米のみ炊いて食するのが当たり前。雑穀混じりの玄米飯をいきなり供されては戸惑うのも当然のこと。

「どうにも喉を通らぬぞ。何とかならぬのか」

「……おつけ（味噌汁）と交互にお召し上がりくだされ、若様」

さすがの兵四郎も少々面食らっている。

御府外では麦飯が当たり前と聞いていたが、まさか日本橋から四里ばかりしか離れていない川崎で、いきなり出くわすとは思ってもみなかったのだ。

一昨年に意行の供をし、紀州から江戸へ出てきたときには、他の藩士たちと一緒に本陣《ほんじん》泊まりだったため麦飯など目にすることもなかったものだが、実のところ街道筋では雑穀入りの飯をふつうに食べているらしい。

矩美に説教をした手前、まさか箸を置くわけにもいかぬ。

（こんなに不味《まず》いもんだったんだなぁ）

本音を胸の内に隠し置き、兵四郎は丼飯を口に運ぶ。

雑穀もだが、玄米が何とも味気ない。

紀州の山中で育った子ども時分には米など口にしたこともなく、むしろ雑穀に馴染んでいたものだった。

田沼夫婦に引き取られ、和歌山城下で暮らし始めてからは米と麦を食べさせてもらえるようになったが、米糠は落とさずに炊かれていた。

慣れていたはずなのに、今はお世辞にも美味いとは言い難い。

「……米の有難みを思い知ったぞ、兵四郎」

「……そのお心がけを忘れずにいてくだされ」

二人は黙々と箸を動かす。

命を繋《つな》ぐために必要な糧《かて》と見なせば、味など問題ではなくなる。

しっかり咀嚼《そしゃく》し、こなれを良くして胃の腑に収めるのみ。

「心構えとは稽古の場のみにて学ぶものに非ず。行住坐臥《ぎょうじゅうざが》のすべてが修行であると義父上《ちちうえ》が常々申されておったが、真実《まこと》であるな……」

「仰せの通りと存じまする。ご辛抱は必ずや実《み》になりましょう」

食事を終えた矩美と兵四郎は、しみじみと語り合う。

ともあれ、共に慣れていくしかあるまい。

「参りましょう」

「うむ」

気を取り直して腰を上げる二人を、店の親爺が仏頂面で見送る。

朝餉を済ませに立ち寄る客たちの応対をしながら、矩美と兵四郎のやり取りに聞き耳を立てていたのだ。

「ったく、お江戸のおさむれぇってのは口が驕《おご》っててていけねぇや。そんなに不味けりゃあ食わなきゃいいのによぉ……」

ぶつぶつ言いながら親爺は空の器を片付ける。

こちらも好きこのんで雑穀を混ぜているのとは違う。

割高な米ばかりでは仕入れ値がかさんでしょうがないために麦を、さらに稗や粟を足させてもらっているだけのこと。いわば苦肉の策だった。

親爺とて商売人だけに、欲はある。

米がもっと安くなれば美味い飯を、それも船に乗り降りする前にサッと食べることのできる茶漬けや雑炊を存分に工夫してみたいと常々考えている。

粗末な飯に文句があるならば、米の値をなかなか安定させられずにいる公方様《くぼう》に言ってほしいものだ。

それにしても、奇妙な主従であった。

たかが一碗の飯を食らうだけのことで若い武士、それも元服して間もない少年が従者と真剣に語り合うなど、他ではまず有り得まい。しかも米粒ひとつ残さず平らげていったのだから、尚のこと印象は強かった。

ありきたりの武士ならば勘定の銭だけ放り、さっさと箸を置いて去ってしまうはず。無頼の浪人ならば難癖を付け、無銭飲食を決め込みかねないところ。

ところが若い二人は不味そうにしながらも、きれいに完食するまで立ち去ろうとはしなかった。

舌は正直なのかもしれないが、行儀はいい。

むしろ良い客だったのだと、親爺は遅ればせながら気付いていた。

「稽古だの修行だのって言ってなすったが、もしかしたら剣術使いの先生なのかもしれねぇな。あんな強そうな弟子を引き連れて、お若《わけ》ぇのに大した御方だったりしてな……うん、きっとそうに違いねぇや」

納得した様子で頷きつつ、親爺は店の中に入っていく。

それだけ矩美と兵四郎の印象は強かったというわけである。

人目を忍ぶ道中だというのに、迂闊《うかつ》にも街道筋の者に自分たちの記憶を残してしまったことに、当の二人は気付かぬままだった。


街道の両側に建ち並ぶ旅籠《はたご》から三々五々、旅人たちが出立していく。

「ありがとうございました！」

「またのお越しをー！」

一日の活動を始めた宿場町に、陽光が燦々《さんさん》と降り注ぐ。

夏の盛りとはいえ、午前の陽射しは当たりが柔らかい。

自ずと足取りも弾んでくるというものだが、いつの世にも旅行中に無理をするのは禁物。初日は足慣らしのため、張り切りすぎぬのが肝要だ。

連れの者が旅慣れていなければ尚のこと、周りの者が張り切りすぎぬように気を付けてやらなくてはならない。

しかし、矩美には何遍注意をしても無駄だった。

「おみ足の運びが早すぎまするぞ、若様っ」

「おぬしが遅いのだ。急げ急げ！」

兵四郎がどれだけ言っても、聞く耳を持たない。

腹がくちくなったので、一層元気が出てきたらしい。

「やれやれ……」

兵四郎は苦笑しながら後に続く。

むろん、矩美とて物見遊山《ゆさん》の旅でないのは承知しているはず。

尾張柳生の真意を確かめる。ただそれだけのために、矩美と兵四郎は密かに旅立ったのだ。

叩き付けられた挑戦状は偽物である可能性が高い。

だが、尾張藩の徳川宗春に真偽を糺《ただ》すわけにもいかなかった。

相手は宗春だけに、吉宗が問い詰めでもしたら逆に開き直りかねない。

あの御曹司は剣の腕こそからっきしだが弁が立つ。屁理屈をこねさせれば比類ないと言ってもいい。

末弟とはいえ尾張徳川の御曹司が柳生同士の対戦を所望し、些《いささ》か細工したのがそんなに悪いことなのかと主張されてしまっては、たとえ吉宗でも言い返すわけにはいかぬ。

何しろ江戸柳生は将軍家剣術師範として、天下を平《たい》らかに治める活人剣《かつじんけん》を吉宗に指南する立場。その江戸柳生と尾張柳生の試合を強いて止めさせれば、ここぞとばかりに宗春は有ること無いことを吹聴《ふいちょう》するに違いない。

かくなる上は尾張柳生と直に接触し、本心から江戸柳生と戦うつもりなのかを面と向かって確かめるしかあるまい。矩美は、そう決意を固めていた。

本気でこちらを憎悪していれば、のこのこやって来たのを幸いとばかりに挑みかかってくるはず。下手をすれば、生きては戻れまい。

そんな窮地に立たされていながら、なぜか矩美は朗らかだった。

もともと明朗な少年なのは兵四郎も知っていたが、共に草鞋《わらじ》を履いてからは殊《こと》の外《ほか》に明るく振る舞っている。

「ご機嫌でありますね、若様」

「そうか？」

兵四郎の問いかけをはぐらかし、矩美は海沿いの街道を闊歩《かっぽ》する。

思いの外に安定した運足《うんそく》だった。

（さすがは柳生の後継ぎ……だな）

その後ろ姿を眺めやり、兵四郎は納得する。

矩美と行動を共にするうちに改めて気付いたことだが、柳生新陰流の修行者は足腰を垂直に沈ませ、膝のばねを利かせる動作に慣れている。

歩くときは肩も腰も前後に振ることなく、背筋を伸ばして胸を張った状態で腰を押し出すようにして前進するので体の軸がぶれない。

つま先を上げて踵《かかと》を踏む新陰流の独特の足捌《あしさば》きは、こうやって歩行するときも有効に生きてくる。

旅慣れていないはずの矩美が疲れずに長いこと歩き通せるのも、日頃から無駄のない動作が身に付いているからなのだ。

稽古場で培《つちか》った足捌きがこうして旅をするときにも生かせるらしいと兵四郎がすぐに気付いたのは、意行から剣の手ほどきを受けていた十代の頃に講釈されたことが思い当たったからだった。

剣術の足捌き、とりわけ居合の運足は歩行中に不意を突かれそうになったときに応じることが前提とされている。稽古のようにいつも一足一刀の間合いで相対するわけではなく、長いこと歩いていて急に襲われた場面も想定しておくようにと兵四郎は教わっていた。

日頃からそうやって稽古に取り組んでいれば、頭でいちいち考えずとも五体は自然に動いてくれる。

矩美の安定した運足は、まさに稽古の賜物であった。

「大したものだな……」

かく言う兵四郎の場合は幼い頃に祖父から鍛えられ、長じてからは意行の薫陶を受けたおかげで今日があると言っていい。

人間の体は赤ん坊のときから少しずつ慣らしていくことで、さまざまな動作に対処できるようになる。

子どもを育てる上はほったらかしにしておかず、鞠投げやぶら下がり運動など積極的に付き合うべきだ。忍びの末裔《まつえい》として生を受けた兵四郎ほど苛酷《かこく》な鍛錬をさせずとも、親には親の務めというものがある。食事だけ与えて寝かせてばかりにしておくのは罪というもの。

その点、矩美は申し分のない環境で育てられた少年だった。

大名の子に生まれながらも甘やかされず、幼い頃から剣術の稽古に熱中して才を発揮し、江戸柳生の養嗣子に迎えられて将来を嘱望されている。

それも生家において養育に携わった守《も》り役たちが矩美を赤ん坊の頃からきちんと運動させ、柳生の荒稽古に耐えられるだけの基礎体力と運動神経をしかと培わせてくれたおかげと言えよう。

健やかに育った体には、健全な精神が宿る。

潮風の薫《かお》る街道を、少年剣士は心地よさげに闊歩していく。

この少年を死なせたくはない。

縁あって守護する立場となった以上は何としても、最後まで守り抜きたい。

たとえ、わが身を乱刃《らんじん》の下に晒すことになろうとも——。

陽光に目を細めつつ、改めて心に誓う兵四郎であった。

二

柳生宗盈《むねみつ》が異変に気付いたのは、その日の夜のことだった。

(あのがきは何処《いずこ》じゃ？　どこにおるっ!?)

毎日欠かさずにいた稽古を休んだばかりか、まったく姿が見当たらない。

「若様！　若様は何処《いずこ》ぞ！」

「お探し申せっ」

「早《はよ》う、早う！」

突然の養嗣子の失踪に、柳生藩邸は大騒ぎになっていた。奉公人や家士はもとより当主の俊方までが動揺を隠せず、玄関と私室を行ったり来たりしている。

その様を門外から見届けた宗盈は、だっと走り出す。

向かった先は田安御門内。

矩美が兄のように慕っている白羽兵四郎の住む、田沼屋敷。

宵闇に紛れて塀を乗り越え、床下に潜り込む。

匿《かくま》われているかと思いきや、矩美はどこにもいなかった。

それればかりか、兵四郎までが姿を消してしまっている。

兵の字は一体どこに行っちまったんだろうと奉公人仲間は首を傾《かし》げ、奥方の辰も心配しきり。

あるじの田沼意行だけは平然としていたが、宗盈の目はごまかせない。

（やはり、柳生の小倅を連れ出したのはあの下郎か）

矩美が辻斬り――すなわち宗盈に命を狙われていることは、田沼意行が率いる特命集団も知るところである。

そこで意行の意を汲んだ兵四郎が動き、矩美を密かに江都から落ち延びさせたのではないだろうか。

そう考えれば、辻褄《つじつま》が合う。

品川か千住《せんじゅ》か、それとも内藤新宿か板橋《いたばし》か。

江戸四宿のいずれを通過したにせよ、とっくに街道へ出ているはず。柳生藩邸でも田沼屋敷でも、矩美と兵四郎は朝から姿を見ないと騒いでいたからだ。

まんまと出し抜かれてしまったらしい。

田沼屋敷を離れた宗盈は、闇の中を苛立ちながら駆け抜けていく。

(おのれ！　おのれ！)

三白眼を血走らせ、歪《ゆが》んだ形相のままで疾走する。

夜道で行き交う者は仰天して提灯《ちょうちん》を取り落としたり、化け物とでもすれ違ったかのような顔で振り返ったりしていた。

とても落ち着いてなどいられない。

宗盈にとって、矩美はどれほど憎んでも憎み足りぬ相手。

この手で冥土に送ってやるのを、ずっと楽しみにしてきた。

その矩美が消えてしまっては、生きる甲斐も何もありはしない。

（あやつを斬るのは儂《わし》なのだ！　儂を置いて他にはおらぬ！）

宗盈はかねてより宗春を利用し、尾張柳生が江戸柳生に挑戦するという偽りの話を広めてもらっていた。

実際のところ、尾張の国許にいる柳生兵庫厳延は、江戸柳生への挑戦の意など一言も表明してはいなかった。

すべて勝手にでっち上げたことだが、仮にも宗春は尾張藩の御曹司。新陰流の宗家である厳延も、臣下の身では逆らえぬはず。

それに、尾張柳生一門にはわざわざ出てきてもらう必要はない。

宗春は矩美を江戸柳生の代表に指名して試合の場に引きずり出し、宗盈自身は尾張柳生の代表と名乗りを上げるつもりだった。

宗盈は、尾張徳川の一族である宗春に飼われている。

かつて江戸柳生の養嗣子だったとはいえ、今は浪々の身。宗春が正規の家臣として召し抱え、尾張柳生の門下に加えたのだと言い張れば、矩美との対戦にも不都合はないはず。

以上の段取りを踏まえて、試合という場で公然と矩美を打ち殺すべく、宗盈は期待に胸をふくらませていた。

しかし、肝心の相手が行方を晦《くら》ませてしまっては元も子もあるまい。

一刻も早く行方を突き止めて、身柄を押さえなくてはならなかった。

焦る気持ちを抑えて、宗盈は立ち止まる。

夜空に浮かぶ月を仰ぎ、まずは大きく深呼吸。

今は落ち着くことが必要だ。

(そうか……何も試合にこだわることはあるまい)

心気《しんき》を整えたことで、宗盈は頭を切り替えることができてきた。

物は考えようである。

柳生藩邸を飛び出した矩美はいつものように大勢の家臣に警固《けいご》されているわけではないし、腕の立つ義父の俊方も付いていない。こちらの読み通りに兵四郎が手引きしたとしても、二人きりの道中のはず。

これは憎んで止まない矩美を討ち果たす、千載一遇の好機と言っていい。

雇い主の宗春からは、江戸柳生を弱らせるのもいいが肝心の吉宗を仕留める策を一日も早く講じ、決行に向けて動けと矢の催促を受けている。

そんな催促など真《ま》っ平《ぴら》御免である。

吉宗暗殺の任務を放棄して江戸を発つのにも、もはや迷いはない。

宗盈にしてみれば将軍の生き死になど最初からどうでも良く、江戸柳生父子に復讐することだけが唯一無二の目的だからだ。

だが、まだ重要な問題が残っている。

追跡に不可欠な手勢を、どこから駆り集めるかだ。

雇い主の宗春を裏切る以上、尾張藩士たちを使うわけにはいくまい。

かねてより宗盈は戸山の尾張藩下屋敷で胡乱《うろん》な輩《やから》と見なされており、大人しく言うことを聞いてくれる者など一人もいない。

ならば、別の手蔓《てづる》に縋《すが》れば良いだけのこと。

そう割り切って、宗盈が向かった先は山王北《さんのうきた》。

江戸城御濠端の南側一帯は、大名家の藩邸が密集する地。

その一画に和泉国岸和田藩、五万三千石の上屋敷がある。

藩主の名は岡部美濃守長泰《みののかみながやす》、六十九歳。

生来利発にして幼少の頃より文武を等しく好み、臣民に学業と武芸を奨励する一方で贅沢を厳しく戒めた長泰は「誉《ほまれ》ある将」と讃《たた》えられる人物。たとえ藩財政が豊かであっても有事に備え、日頃から奢侈《しゃし》に溺れることのないようにと緊縮策を取る一方、後の世まで続く岸和田だんじり祭を始めるなど調和の取れた藩政を行ってきた。

老いてなお名君として藩政に采配を振るい、公儀の信頼も厚い岡部美濃守長泰こそが、柳生宗盈の実の父親なのであった。

三

「宗重、宗重なのか!」

長泰は連呼しながら、嬉々として玄関先まで走り出てきた。

目鼻立ちがくっきりした、男臭い風貌の持ち主である。

声も朗々としていて、よく響く。総白髪になっていても、毛根がしっかりしているので鬢《びん》付け油の乗りもいい。

そんな大物が、すっかり目尻を下げている。

「よう訪ねてくれたのう」

手を取らんばかりに喜ぶ長泰の顔を、宗盈は醒《さ》めた目で見返す。

三白眼も暗い眼差しも、まったく父親に似ていなかった。

柳生宗盈こと岡部宗重の顔立ちは母譲り。

実は長泰の血などまったく受け継いでいない、不義の子なのではあるまいかと噂する者さえいる。

しかし、当の長泰はまったく気にしていない。

目の中に入れても痛くない五男坊が、久しぶりに顔を見せに来てくれただけのことで、もう嬉しくて堪《たま》らないのだ。

「さ、早《はよ》う早う」

自ら先に立ち、奥の自室に連れて行く。

宗盈は終始無言だった。

人払いがされた部屋に通され、上座に着いた父親と向き合っても、ずっと口を閉ざしたまま。それでいて何やら物欲しげに、ちらりちらりと舌を覗かせては唇を舐《な》めていた。

「何を所望なのじゃ、ん？」

そんな様を咎めることもなく、長泰は問いかける。

息子の表情の変化を見逃さず、自分に願い事があって足を運んで来たらしいと察しを付けたのだ。

「……申してもよろしいのですか、父上」

「当たり前じゃ。子が親にものをねだるは当たり前のことぞ。遠慮などするには及ばぬわ。はははは」

いつの世にも、子離れできぬ親はいる。

長泰は八男四女に恵まれ、長男こそ早くに亡くしたものの、次男の長敬《ながたか》は父親に似て文武の両道に秀でた俊才。家督を継がせるのにも不足はなく、幼い頃から粗暴で可愛げのない五男坊に執着する必要など皆無のはず。

されど、出来の悪い子ほど可愛いのは世の常。

他の子どもたちにも増して、長泰は宗盈を猫可愛がりしてきた。

江戸柳生にも望んで養子に出したわけではない。

剣術の才を見込んだ柳生備前守俊方からぜひ後継ぎにと所望され、泣く泣く手放したにも拘《かか》わらず、たった三年で廃嫡されてしまった。

長泰にとっては、度《ど》し難い侮辱である。

手塩に掛けた愛息を侮辱された恨みの対象は江戸柳生一門のみならず、将軍家にまで及んでいる。

なればこそ尾張徳川家の宗春と結託した宗盈を陰で支援し、今までにも必要な資金など用立ててきたのだ。

それにしても、宗盈が直々に足を運んできたのは久方ぶりのこと。

ふだんは金が入り用なときでも使いの者任せにしているのに、よほどの大事であるらしい。

あるいは、宗春には伏せておきたい願い事なのか。

いずれにしても、長泰は最初から首肯するつもりでいる。

目の中に入れても痛くない愛息が復讐を実現させるためとなれば、どのような望みも叶《かな》えてやる所存。

そんな盲愛《もうあい》を抱く父親だからこそ、利用しやすい。

疲れた口調を装い、宗盈は話を切り出す。

「手勢を貸してくだされ、父上」

「手勢とな？」

「柳生の小倅に引導を渡してやるのに絶好の機が訪れました」

「なぜ絶好なのじゃ」

「旅に出た由《よし》にございますので……」

「任せておけ」

長泰は二つ返事で請《う》け合った。

子細を敢《あ》えて問おうとしなかったのは、わが子が現在置かれている立場を承知していたからだ。

吉宗暗殺を狙う宗春と手を組み、活動拠点として公儀も容易には立ち入れない戸山の尾張藩下屋敷に身を置いている宗盈であるが、尾張徳川の家中の者たちを自由に使役《しえき》することができずにいる。

宗盈は掛け値抜きに腕が立つ。その点は雇い主の宗春はむろんのこと、下屋敷に詰める取り巻きの面々も重々認めていた。

しかし、腕が立ちすぎるのも考えものだ。

宗春の取り巻き連中は、宗盈を敵視している。

あるじの宗春が外部から助っ人を雇い入れたのは、家中の者では役に立たぬと判断したが故のこと。

自分たちが無能と見なされては、当然ながら面白くない。

しかも宗盈の性格は狷介《けんかい》そのもの。人を上手く使える性分とは違う。かくして直属の配下を持たせてもらえぬまま単独行動を基本としてきたため、急に入り用になったからといって、まとまった人数を用意してはもらえないのだ。

「そなたも苦労をするのう」

「いえ。別段、苦になどしてはおりませぬ」

同情の声をかける長泰に、宗盈はさらりと返す。

「使えぬ者共を押し付けられても迷惑というもの。拙者に付いてこられるだけの使い手を選んでくだされば、幸いにございまする」

「もとより承知しておるわ。安堵せい」

そう言って微笑み返しつつ、長泰はふと思った。

もしや宗盈は雇い主の宗春に事の次第を知らせず、一人で行動を起こすつもりではないだろうか――？

なまじ尾張徳川の家中の者を使役しては、行動が筒抜けになってしまう。

所詮は外部の助っ人にすぎない宗盈よりも、あるじの宗春のほうを尊重するに決まっているからだ。

束縛されてしまっては都合が悪いため、敢えて宗盈は尾張藩下屋敷から手勢を借りずに済ませようとしているのではあるまいか。

本音がどうであれ、可愛い息子が頼ってきてくれた以上は是非もない。

長泰は話題を切り替えた。

「して宗重、江戸柳生の小倅に供はおるのか」

「忍びの術に通暁《つうぎょう》せし小者が一名、身辺を護《まも》っておるはずです」

「小者……柳生藩の手の者かの？」

「いえ」

宗盈は言い淀《よど》む。

恥じたように目を伏せるのを見て、長泰は思い当たった。

「もしや、そなたに幾度も煮え湯を呑ませおった田沼の若党ではあるまいな」

「……仰せの通りにございまする」

「生意気な下郎め。またしてもしゃしゃり出てきおったのか！」

長泰は怒気《どき》を含んだ声を上げた。

兵四郎のことは、かねてより宗盈から聞かされている。

贔屓目《ひいきめ》抜きに稀代《きたい》の手練《てだれ》である宗盈を翻弄《ほんろう》し、その大望を阻止してきた小癪《こしゃく》な若造は紀州忍群《にんぐん》の末裔《まつえい》であるという。

「おのれ下郎……。この手で八つ裂きにしてやりたいわ」

押し黙った息子を前にして、長泰は呻《うめ》く。

血走らせた目には不安の色が差していた。

下郎呼ばわりしながらも、兵四郎の力量を侮《あなど》ってはいない。

紀州の忍びが手強いことを重々承知しているからだ。

岸和田藩は、長泰の祖父である美濃守宣勝《のぶかつ》の代から岡部氏が治めてきた。岡部氏は徳川将軍家の信頼が代々厚く、宣勝は三代家光《いえみつ》の引き立てにより岸和田藩主に任じられている。

家光は岸和田藩領と隣接する紀州藩——紀伊徳川家が将軍職を狙って動き出すのを牽制《けんせい》させるため、信頼厚い岡部氏を選んだのである。

結果として吉宗が八代将軍の座に着くのを許し、紀伊徳川家の台頭を抑えようという家光の遺命を果たせなかった岡部氏の立場は微妙だった。

いつ何時《なんどき》、藩領を取り上げられて辺鄙《へんぴ》な土地に国替えをされてしまうか判ったものではない。かつて紀州藩主だった吉宗にとって、動向をずっと監視してきた岡部氏は目障《めざわ》りな存在に違いないからだ。

そんな裏の事情があればこそ、長泰は息子と共に尾張徳川家と結託した。

宗春が尾張藩主に、ひいては次期将軍になるのを支援すれば、その功績として岸和田藩領は安堵され、岡部氏の将来は安泰。長泰は可愛い息子に復讐を遂げさせると同時に抜かりなく、保身を図ろうと考えていたのである。

されど、吉宗は手強い。

為政者として隙がないだけでなく、紀州忍群を中核とする御庭番衆が常に警固しているからだ。

藪田定八率いる御庭番と正面切って戦えば、いかに宗盈といえど無事では済むまい。息子の後押しをする立場としてはあくまで慎重に機を窺《うかが》い、少しずつ敵の勢力を削いでいくのが良策。

常々そう考える長泰にとって、江戸柳生を弱体化させるために宗盈が辻斬りを装ったのは一石二鳥の作戦だった。

江戸柳生は御庭番とは別の意味で、将軍家を支える陰の力。

初代の柳生但馬守宗矩のように諸大名の行状を監視して、不穏な動きがあれば将軍に取り潰しを進言する大監察《だいかんさつ》の御用までは務めていないが、江戸柳生の歴代当主は天下を平《たい》らかに治める者にふさわしい活人剣の指南役として、将軍家剣術師範の立場を代々に亘《わた》って独占し続けてきた。

他流派よりも強いか否かは、問題ではない。

畏れ多くも神君家康公が直々に抜擢し、徳川将軍家の剣術師範に任じたという事実にこそ、否定することの許されぬ重みがあるのだ。

流派そのものの宗家は尾張柳生でありながら、剣の世界における江戸柳生一門の権威は絶対。武芸が奨励される昨今は尚のこと、敬意を払わねばならない存在となっている。

しかし後継ぎの矩美が空しくなってしまえば、現当主の柳生備前守俊方もすぐには立ち直れぬはず。

吉宗政権の一端を支える江戸柳生を弱らせてやった上で、可愛い息子が無念を晴らすことができれば申し分ない。

そんな計画に狂いを生ぜしめたのが、吉宗の密命を奉じて奥小姓の田沼意行が組織した特命集団であった。

一党を率いる意行と相棒の鴨井芹之介なる浪人もなかなか手強いが、とりわけ厄介《やっかい》なのが白羽兵四郎だ。

兵四郎は戦国乱世に暗殺を生業《なりわい》とした一族の末裔であり、小太刀術と馬針《ばしん》打ちまで自在にこなす。忍びの術ではなく武芸の技として、刀と手裏剣の扱いが会得できているのである。さらには身ひとつで戦う格闘術と、さまざまな忍び道具を扱う術《すべ》も身に付けていた。

これでは宗盈が苦戦するのも無理はない。

敵が手強い以上、こちらも惜しまずに手駒を用意してやる必要があった。

「……小具足衆《こぐそく》をぶつけるか」

思案の後に、長泰はそう決断した。

「そなたも知っての通り、あやつらはわが家中でも一騎当千の腕利き揃い。忍び相手であろうとも後《おく》れは取るまい……国表より急ぎ呼び寄せるといたそうぞ」

「有難き幸せに存じまする」

「良い良い」

愛息の感謝の言葉に、長泰は嬉しげに目を細める。

こうなれば、何を言っても聞き入れてくれるはず。欲しいものをねだるコツというものを、宗盈は心得ていた。

案の定、長泰は自分から水を向けてくる。

「他には何をすれば良いのかな、宗重」

「よろしいのですか、甘えても……？」

「当たり前じゃ。我らは親子ぞ」

待っていた一言を受けて、宗盈は話を切り出す。

「されば父上、四宿《ししゅく》の役人どもに手を廻してくだされ」

「成る程……。柳生の小倅がいずれの街道を用いたのかを、まずは突き止めねばなるまいな。これは迂闊であったわい」

「お願いいたしまする」

苦笑する父に向かって、宗盈は恭《うやうや》しく一礼する。

「なーに、易《やす》きことじゃ。そなたは大船に乗ったつもりでおれば良い」

長泰はすっかり気を良くしていた。

「今宵はゆるりとしていけ。久方ぶりに一献傾けようぞ」

上機嫌で告げながら立ち上がり、ふと思い出したように言い添える。

「時に宗重、尾州様の若君には万事伏せておかねばなるまいぞ。口裏を合わせて遣《つか》わす故、言い訳を考えておけ」

「え……」

「あの若君が望むは上様を弑《しい》し奉ることのみであろう。されど、そなたは柳生の小倅を討たずには埒《らち》が明かぬはず。言われるがままに動いておっては、大願成就が遅れるばかり……違うかな？」

「お、恐れ入りまする」

「遠慮するには及ばぬと申したはずぞ。安堵せい」

図星を指された宗盈が思わず恐縮するのに、長泰はにっこり微笑み返す。

この男、只《ただ》の馬鹿親ではない。

息子に上手いこと利用されているかのように振る舞いつつ、締めるべきところはきちんと締めているのだ。

足取りも軽く、長泰は廊下に立つ。

「誰《たれ》かある！」

愛息のために段取りを整えさせるべく、朗々と声を張り上げるのだった。

四

こうして江戸柳生への復讐の念に燃える父と子が姦計《かんけい》を巡らせていることなどつゆ知らず、兵四郎と矩美は和気藹々《わきあいあい》と道中を続けていた。

川崎宿を後にして、次に目指すは神奈川宿。

二里半（約九・八キロメートル）の道のりを、二人は街道沿いの風景を楽しみながら辿っていく。

二つの宿場町の間には市場《いちば》、鶴見《つるみ》、生麦《なまむぎ》、子安《こやす》、入川《いるかわ》、新町《しんまち》と合わせて六つの村がある。

市場村の一里塚の向こうにそびえ立つのは、箱根の二子山《ふたごやま》。

「大きいなぁ……」

「程なく間近で見られますよ。箱根越えに備えて、せいぜい足を慣らしておくといたしましょう、若様」

「案じるには及ばぬさ。はははは」

明るく笑いながら先に立ち、矩美は潑剌《はつらつ》と歩を進める。

鶴見の橋を渡れば、生麦村と子安村。

この一帯に住まう人々は漁で生計《たつき》を立てている。女子どもは貝を掘り、男衆は船を出して網を打ち、季節の磯魚に蛸《たこ》や烏賊《いか》といった四季折々の収穫を街道筋で売ったり、宿場の旅籠に納めて稼いでいた。

向かって左手に広がる海辺は本牧《ほんもく》の沖。

沖合では船が難破することもしばしばとのことだが、午前の麗《うら》らかな陽光の下で眺める海は穏やかそのもの。

十二天の森の緑も目に染みる、風光明媚《めいび》な地であった。

二人は街道脇に並んで立ち、目の前の景色に眺め入《い》る。

「郷里《くに》を思い出すなぁ」

つぶやく口調は無邪気なものだった。

矩美の生まれ故郷は因幡国《いなばのくに》――後の鳥取県。古来より良港として栄えた境港《さかいみなと》を擁する、豊富な海の幸に恵まれた地。

そして、実家は鹿奴《しかの》藩こと鳥取東館《とっとりひがしやかた》藩。

三万石の小大名とはいえ、矩美は元から大名家の御曹司なのだ。

因幡国の全域を治める鳥取藩の分家として貞享《じょうきょう》二年（一六八五）に二万五千石で成立し、後に五千石が加増となった。鳥取城の東側に藩主の住まう陣屋《じんや》が設けられたことから、公には鳥取東館藩と称された。

矩美の実父は、初代藩主の池田壱岐守仲澄《いけだいきのかみなかすみ》。

当年六十九歳の仲澄は鳥取藩初代藩主の池田相模守光仲《さがみのかみみつなか》の子。五十三歳のとき隠居して今は国許にて静養の日々を送る身だが、家名は矩美の兄に当たる、次男の仲央《なかてる》が守っている。

豊前守《ぶぜんのかみ》の受領名《ずりょうめい》を冠する二代藩主の仲央は当年二十七歳。分家のため城代わりの陣屋《じんや》しか持てぬ、いわゆる御《ご》陣屋大名の身ながらも豪気さと細心ぶりを兼ね備えた名君と誉れが高く、公儀の信頼も厚い。

鹿奴藩の上屋敷は、芝の三田《みた》にある。

藩主の仲央は幕府の役目を仰せつかる折が多いため、ほとんど国許には戻らず藩邸に詰めていた。公職に就いている間は江都に留まることになるからだ。三万石の小大名だけに、任じられるのは江戸城の門番や火の番の監督といった小さな役目がほとんどだったが、その精勤ぶりは高く評価されている。

「何故に兄上を頼られなかったのですか、若様」

海を眺める少年の傍《かたわ》らに立ち、兵四郎はさりげない口調で問う。

もしも池田仲央が平凡な小大名だったならば、そんなことはまかり間違っても口にはしなかったことだろう。

こたびの江戸柳生と尾張柳生の対立に、諸大名は我関せずという姿勢を示して憚《はばか》らずにいる。江戸柳生に付けば徳川将軍家に、尾張柳生に合力したら尾張藩に加担することになるからだ。

吉宗の現政権が末永く続くと確信できれば、どちらに味方するべきかは明らかだろう。しかし尾張藩も気弱な現藩主の継友はともあれ、末弟の身ながら逸材の宗春がいるので侮《あなど》れない。

結局のところ、いずれの肩も持たないのが良策と諸大名は踏んでいる。下手をして自藩にとばっちりが来るのを避けたいからだった。

しかし、仲央はそんな小心者どもとは違う。

公儀のお役目に精勤する一方で反骨の精神が強く、権力を持つ者の顔色を窺うことを何よりも嫌う。そうやって力有る者に尻尾を振らぬ一方で、身分や権威に物を言わせて強要してくるのを臆せずにはねつける意志の強さを持っていた。たとえ日の本すべての大名が尾張に付いたとしても、可愛い弟のために進んで江戸柳生を援護してくれることだろう。

なのに何故、矩美は兄の許に走らなかったのか。

「豊前守様は権要《けんよう》に屈されぬ御仁。必ずや、若様のことも……」

「そうはいかぬさ、兵四郎」

矩美は、ふっと微笑む。

どことなく寂しげな、愁いを帯びた横顔だった。

「兄上がそういうご気性だからこそ、私は頼らなんだのだ」

「え?」

戸惑う兵四郎に、矩美はすっと向き直る。

きりっとした頬を汗が伝い、鬢のほつれが潮風にそよぐ。

向き合った二人をよそに、浜辺では鷗がみゃあみゃあ鳴いていた。

愁いの笑みを浮かべたまま、矩美は言った。

「もしも上意により兄が切腹させられ、三万石を潰されたならば、残された民はどうなる？　家中の者たちと同様、共に死んでくれと言えるか？」

「若様……」

「我らは兄弟である前に臣民の明日を預かる身。大名の代わりなど幾らでもおるだろうが、藩主の首がすげ代われば苦しむのは領民たちだ。池田の家には三万石を平らかに治める責がある……なればこそ、兄上には私のために無茶をさせとうはなかったのだ」

「……」

照り付ける陽射しの下、兵四郎は言葉に詰まる。

黒い顔に大粒の汗が浮かんでいる。

矩美は自分が思っていたよりも、ずっと大人だった。

自分の命を捨ててでも弟を守ろうとする兄と承知していればこそ、敢えて保護を求めなかったのだ。

養父の俊方への遠慮、という次元ではない。自分たち大名の争いでとばっちりを受ける領民のためを思って、矩美は実家と距離を置いたのである。

武士は意地を通して死ぬのが名誉となるが、民は違う。勝手な理屈のために藩を潰してはならないし、そうさせてもならない。

十四歳の身で、容易に思い至る結論ではあるまい。

大名の代わりは幾らでもいる――。

何不自由なく育って肥え太り、いずれ父親の後を継いで大名、殿様と呼ばれるのを待っているだけの馬鹿君《ぎみ》どもに聞かせてやりたい一言だった。

「そろそろ参ろうか」

黙りこくった兵四郎に微笑みかけ、矩美は再び歩き出す。

実家のために頼る態度を示さず、養家のためには自ら進んで危地へ赴く。

かくも己を犠牲にすることが、自分にできるだろうか?

兵四郎はじっと矩美の後ろ姿を見やる。

何ら気負いのない、少年らしい軽やかな足取りだった。


生麦村から子安村へ抜けると、小さな板の橋が小川に架かっている。

さささっと半ばまで駆け渡り、矩美は振り返る。

「おーい、遅いぞぉー!」

兵四郎に向かって手を振ったとたん、ぐらりとよろける。

近所の子どもが捨てていったばかりらしい、ぺらぺらになるまで囓《かじ》った瓜の皮が足元に転がっていたのだ。

「若様っ」

駆け寄ったときには、もう遅い。

派手な水音を上げて、矩美は小川に転がり落ちていた。


神奈川宿は江戸から七里（約二七・五キロメートル）。

次の保土ヶ谷《ほどがや》宿までは一里少々といったところ。

これまでの行程を思えば、大した距離ではない。

宿場に入ったのは、まだ夕暮れ前のことだった。

保土ヶ谷宿は江戸から八里半（約三三・四キロメートル）。

あと二里ほど頑張れば次の戸塚《とつか》宿に着けるが、初日から焦って距離を稼ぐのは避けるべきだろう。

「よろしゅうございますね、若様？」

「うむ……」

兵四郎の背中の上で、矩美はすっかり小さくなっていた。

腰を打ってしまったので、痛くてすぐには歩けない。

ずぶ濡れになった着物も、早く脱いで乾かしたいところ。

こうなってしまえば、名君の卵も只の少年だ。

行き合う人々が、くすくす笑いながら通り過ぎていく。

矩美にしてみれば一刻も早く、手近な旅籠に上がりたいところだろう。

「早《はよ》う草鞋を脱ごうぞ、兵四郎」

「よさげな宿を選んでおりますので、しばしお待ちくだされ」

兵四郎は真面目な声で説く。

どこの宿場でも多いのは食売《めしうり》（飯盛《めしもり》）旅籠と呼ばれる、給仕を兼ねた娼妓《しょうぎ》を置く宿ばかり。そんな色気とは無縁で女子どもも安心して泊まれる平《ひら》旅籠は儲けが薄いため、自ずと数が少ない。

「お兄《あに》さん、うちにお泊まりなされ！」

「お泊まりなされ！」

保土《と》ヶ谷宿名物の留め女が、こぞって腕を伸ばしてくる。

客引き専門の留め女は旅人の袖を摑み、雇われている宿へ強引に引きずり込むのが得意の手口。色気ではなく腕力で稼ぐ女たちだ。

その太い腕を巧みにかわしつつ、兵四郎はめぼしい平旅籠を物色する。

摑もうとするのを紙一重で避け、ならばと矩美を摑まえようとすれば一跳びで遠間《とおま》に降り立つ。道中の荷物まで二人分を背負っていながら、驚くほどの脚力であった。

「なんだい、あのお兄さん……」

「人ひとり背負ってるってのに、まるで天狗様だよぉ」

腕っこきの留め女たちが茫然とするのをよそに、兵四郎は目星を付けた平旅籠に入っていく。

どの業種であれ高くて良い店は見当が付かぬ兵四郎だが、手頃で気配りのいい店には鼻が利く。

案の定、選んだ旅籠には造りは古いが内風呂《うち》もあり、矩美の濡れた着衣も入浴している間にさっと火熨斗《ひのし》（アイロン）で乾かしてくれた。

矩美の着替えを手伝うと、兵四郎は速やかに布団を敷く。

「痛みませぬか、若様？」

「大事ない……」

兵四郎は手際よく、矩美の腰を揉《も》みほぐす。

医者に来てもらうまでもなく、膏薬《こうやく》を貼るだけで大丈夫そうであった。

打った腰のほうは大事なかったが、やや脚の筋が強張っている。

放っておけば寝ている間にこむら返りを起こすだろうと判じた兵四郎は、腰に続いて揉み療治をする。

布団の上で俯せにさせた矩美の脚を、念を入れてほぐしていく。

「かように気を遣わずとも良い。鍛えた体だ」

「転ばぬ先の用心にございまする。これからは毎夜、ご就寝あそばす前にお揉みいたしましょう」

「止せ止せ、くすぐったい……あははは」

指先がツボに入ったのか、矩美は思わず笑い声を上げた。

ともあれ、体がほぐれてきたのは良い傾向。

「じっとしていなされ」

告げる口調は指の動きと同じく、丁寧ながらも力強い。

きかん坊の弟の世話をする、面倒見のいい兄のようでもある。

(実の兄上には及ぶまいが、な……)

そんなことを思いつつ、一心に療治を続ける兵四郎であった。

五

同じ日の昼頃、宗盈は必要な情報を余さず手に入れた。

長泰が急ぎ調べさせたところ、色黒で精悍《せいかん》な面構えの若党を伴った少年剣士が一人、昨日の朝一番で品川から東海道に出たという。

品川、内藤新宿、板橋、千住の江戸四宿は、東海道、甲州《こうしゅう》街道、中仙《なかせん》（中山）道、日光《にっこう》街道および奥州《おうしゅう》街道とそれぞれ繋がっている。諸国から陸路で人と物資が入ってくる江都の玄関口であり、公儀の役人が厳重な警戒に当たっていた。

不審な者が出入りしようとすれば阻止し、捕らえるには及ばずとも目立つ者がいれば記憶に留めておく。

そんな役人衆に長泰は袖の下を摑ませ、目撃情報を入手したのだ。

男も女も総じて身の丈が五尺そこそこの時代に、兵四郎のように六尺近い大男がいれば目に付きやすい。大名家の供揃えでは長身の者ばかり選んで隊列を組みもするが、一人で歩いていればどうしても目立つ。まして凜々《りり》しい少年との二人連れとあっては、人目を引くのも当然のこと。

もたらされた報告によると二人は品川の大木戸《おおきど》だけでなく、六郷の渡し場前の飯屋でも目撃されていた。

「成る程……あやつらに相違ございますまい」

「良かったのう。役に立てて幸いじゃ」

宗盈が確信を込めてつぶやくのを見届け、長泰は満面の笑みを浮かべる。

ともあれ、二人が東海道を選んだのは好都合だった。

長泰は朝一番で岸和田へ向けて早馬を走らせ、手練の一団を出立させる段取りを整えてくれていた。

河内国の藩領から東へ向かうには自ずと東海道を旅することになるので、宗盈と合流したら速やかに矩美と兵四郎を襲撃できる。

もしも二人が他の街道を選んでいたら合流を果たすまでに時を食い、連携するのが難しくなるところであった。

「考えてみれば、あやつが東へ向こうたのも必然でありますな。父上」

「それはまた、何故じゃ」

「尾張柳生と決着《けり》を付けるためにござる。もとより根も葉もなきこととなれど、新陰流の正統を受け継ぎし尾張に挑まれた上は逃げるまじと思い定め、自ら敵地へ赴いたのでありましょう。矩美めはそういう性分にございまする」

「若輩の身で、か？」

長泰は解《げ》せぬ様子で首をひねる。

元服を済ませたとはいえ、矩美はまだ十四歳。

貶《おとし》められた江戸柳生一門の名誉を何とかして取り戻したいと頭では考えることができても、行動に移せるような齢ではない。

もしも宗盈の読みが事実だとすれば、大した度胸の持ち主と言えよう。

「そなた、あの小倅を買いかぶっておるのではないか？」

「まさか……」

父の懸念を宗盈は一笑に付す。

「そのぐらい歯ごたえが無《の》うては、斬る甲斐もござりますまい」

言葉を続ける宗盈の口調は、どこか楽しげだった。

念のため裏付けを取ったものの、実のところはかねてより、矩美が辿ったのは東海道以外に有り得まいと踏んでいたからだ。

あの賢《さか》しらげな少年は自責の念が強い。

辻斬りの狙いが他ならぬ自分の命であり、その自分を守るために尾張柳生から引き取った家士たちが斬殺されてしまったことに対し、悔やんでも悔やみきれぬ想いでいるに違いないと宗盈は見込んでいた。

どこまでも非情な男である。

宗盈が辻斬りを繰り返したのも、元はと言えば矩美を誘い出すためだった。

自ら退治しに乗り出してくれれば幸いと期待していたものの、さすがに養父の俊方も許しはしなかったらしく、この江都において討ち果たすことは残念ながら叶わず終《じま》いであった。

さすがの宗盈も柳生藩邸に乗り込み、強者の俊方と対決してまで矩美を斬ろうと腹を括《くく》ることはできなかった。

だが、旅に出てくれたとなれば好都合。

これで確かな目的を抱いて出立できる。

万が一にも矩美と兵四郎に出し抜かれ、無駄足になってしまうことなど有り得ないと宗盈は確信していた。

集まった情報によると、相手はまだ出立して二日目。それも旅慣れない少年となれば、まだ遠くには行っていないはず。初日に張り切りすぎて筋肉痛でも起こしていれば、もっけの幸いというものだ。

速やかに追い付き、討ち取るべし。

宗盈の士気は十分だった。

「首尾をお待ちくだされ、父上」

「後は任せよ。さ、存分にやって参れ」

三白眼をぎらつかせる愛息の肩を、長泰はそっと叩いてやる。

もとより、是非を問うつもりはなかった。

十四歳の少年を付け狙い、命を奪おうとすることは傍《はた》から見れば非道の振る舞いに違いない。

長泰とて、そのような現場にもしも出くわしたならば体を張って暴漢の手から少年を守ろうとすることだろう。

しかし、宗盈の行動を止めるつもりは毛頭無い。

矩美を討つのは、江戸柳生から恥辱を受けたことへの報復だからだ。

汚名を雪《すす》ぐために刀を抜くのは武家の習い。たとえ相手が年端《としは》もいかない身であろうと、容赦をするわけにはいかぬ。

これは復讐。望んで迎えたはずの宗盈を理不尽に追放し、新たな養嗣子を擁立した江戸柳生一門が受けてしかるべき報いなのだ。

送る父も送り出される息子も、何ら恥じてはいなかった。

六

戸山・尾張藩下屋敷――。

「そなた、その出《い》で立ちは何とした？」

宗盈の私室にずかずか踏み入るや、宗春は怪訝《けげん》そうに問うてきた。

外泊して戻ったと聞き及び、吉宗暗殺の段取りもせず何を遊び歩いているのかと文句を付けに行ってみると、どうしたことか旅支度を始めていたからだ。

障子越しに昼下がりの西陽が射している。

宗盈は黙々と着替えをしている。

出先で買い整えてきたらしく、道中で着ける手甲脚半《てっこうきゃはん》に加えて、身の回りの品を腰に巻いて携帯する武者修行袋も足元に置いてあった。

「吉宗めに引導を渡す段取りはまだ付かぬのか？　早《はよ》うせいっ」

苛立った声で告げても、答えはない。

足首を覆う部分が長めの革足袋を履き、悠然と紐を結んでいる。

「うぬっ！……」

「暫《しば》し留守にさせていただきましょう」

憮然《ぶぜん》とした宗春が怒鳴りつけようとしたとたん、宗盈はずいと腰を上げながら一言告げる。

抜き打ちの一刀を浴びせるかの如く、見事に機先を制していた。

「い、何処《いずこ》へ参るのじゃ」

「武州にござる。吉宗が次の鷹狩りに出向く場の目星が付きましたのでな」

「ま、真実《まこと》か？」

「この場では伏せさせていただくが、しかと聞き及びしことです」

宗春自身はまったく知り得ていない情報だったが、自信を込めて答える口調に嘘偽りはなさそうである。

そう受け取ったからこそ、宗盈の続く言葉も疑わなかった。

「されば若君、些《いささ》かご用立て願えますかな」

「金か？」

「こたびは下見をせし上で近在の百姓どもを手懐《てなず》けておこうかと……狩り場にて獣を追う勢子《せこ》に駆《い》り出されし折に、ちと細工をさせますのでな」

「それは念の入ったることじゃ。そなたもいよいよ、本腰を入れて事に掛かってくれるようになったのう」

宗春は単純に喜んでいた。

この男の中では、江戸柳生と尾張柳生の一件はとっくに終わっている。宗盈にやらせた辻斬りで江戸柳生の評判は十分に落ちたし、尾張柳生の挑戦話をでっち上げたことでとどめは刺せたと思っている。

江戸柳生の俊方が対戦を拒否するのは、最初から目に見えていた。

尾張柳生の厳延をわざわざ口説かずとも、俊方が弱腰であると証明されただけで十分。

これより先は宗盈には、吉宗暗殺にのみ注力してほしい。そう文句を付けようとした矢先に武州行きの話を切り出され、ころりと騙《だま》されてしまったのだ。

ともあれ軍資金を用意しなくてはならぬ。

「ささ、存分に遣《つこ》うてくれ」

自ら走って持ってきたのは切り餅ふたつ、金五十両。

「無駄金にはいたしませぬ。お任せくだされ」

「しかと頼むぞ」

まさか尾張へ向かうつもりでいるとは、夢想だにしていない宗春だった。

戸山を出た宗盈は一路、品川宿へ向かう。

その後を大柄な浪人が尾《つ》けていた。

雇い主の宗春も見抜けなかった不審な行動を察知したのは、田沼意行が率いる特命集団の仲間だった。

鴨井芹之介、四十歳。

紀州の貧乏郷士《ごうし》の倅で、意行とは子どもの頃からの友人同士。

当時はまだ足軽だった田沼家とは身分も近く、互いの屋敷を行き来して兄弟のように育った仲である。

「旅支度、か……」

宗盈の姿を確かめて、芹之介は野太い声でつぶやく。

仁王像を彷彿《ほうふつ》させる、いかつい顔立ち。

やや腹が突き出た、どっしりした体軀《たいく》。兵四郎に劣らず上背もある。

貫禄たっぷりの巨体に色褪せた羊羹《ようかん》色の単衣《ひとえ》と薄地の袴を着け、左腰に帯びるは二尺九寸五分（約八八・五センチメートル）物の堂々たる大太刀《おおだち》。

乱世の徒歩《かち》武者が合戦場で行使した野太刀《のだち》術を得意とする、巨漢の芹之介ならではの得物《えもの》。

いかにも目立ちそうな特徴ばかりだが、宗盈は後を尾ける芹之介の存在にまったく気付いていなかった。

鈍重そうに見えて、芹之介は機敏な男。

若い頃には剣一振りで仕官してみせると野望を抱き、郷里を捨てて諸国を武者修行に歩いたこともある身だった。

結局のところ望ましい主家《しゅか》に縁付くことはできず江戸に流れ着き、番町《ばんちょう》の裏店でその日暮らしをしていたところを昔なじみの意行に拾われて、特命集団の一員と相成ったのが一昨年の五月。

それ以来、兵四郎を交えた三人で数々の密命を遂行してきた。

尾行ぐらいはお茶の子さいさいなのである。

人を尾けるとき、とりわけ用心深い者が対象の場合は自然体を保つのがこつ。

みだりに視線を動かしたり、いちいち物陰に隠れたりすれば、相手よりも周囲を行き交う人々に不審がられてしまうのが落ち。

芹之介の尾行ぶりは完璧だった。

かつての戦いで顔を知られているというのに臆することなく、付かず離れずに行方を探る。

「品川……か」

南へ向かうのを見届けて、芹之介は踵《きびす》を返す。

田安御門内へ走り、意行に事の次第を知らせるつもり。

道中支度で南と来れば、行く先は品川宿のみ。

東海道を辿《たど》るとすれば、追う対象は柳生矩美以外に有り得なかった。

七

宿直《とのい》明けの意行は、折良く仮眠から目覚めたところだった。

「あやつ……」

つぶやく意行の横顔は紅潮していた。

寝起きの赤みとは違う。どこまでも執念深い、柳生宗盈の歪んだ性根に対する怒りの顕《あらわ》れであった。

「何とするか、田沼」

芹之介は静かな口調で問うてくる。

江戸柳生と尾張柳生の一件は、かねてより意行から聞かされていた。

一昨日に大岡より矩美が失踪した話を知らされた意行は、すぐさま柳生藩邸を訪ねたという。

兵四郎と合流したならば、身の安全は確実。どうか兵四郎を、そして誰よりも矩美を信じてやってほしいという意行の説得に俊方は首肯し、連れ戻すのを思いとどまってくれたのだ。

それなのに、宗盈に妙な真似をされては堪らない。

「急ぎ参るぞ、鴨井」

意行は迷わなかった。

吉宗からは鉄砲狩りの密命を奉じているが、今は矩美に危険が及ぶのを速やかに食い止めなくてはならない。

宗盈を御府外に出してしまえば、取り返しの付かぬことになる。

加勢を頼んで襲ってくれれば、兵四郎一人では食い止められまい。

今のうちに阻止しなくてはならないのだ。

とにかく、目指すは品川宿だ。

大木戸を出入りするだけならば、道中手形は不用。

川崎大師など近郊の名刹《めいさつ》に詣でたり、湯治や物見遊山に出かけたりする人々に便宜を図るため、箱根の手前までの往来《おうらい》は制約を受けないからだ。

必要なのは、手慣らした愛刀のみ。

意行は縹《はなだ》色の単衣と袴を着け、きっちりと二刀を帯びる。

芹之介は大太刀を落とし差しにして鯉口《こいぐち》を緩め、いつでも鞘から抜き放つことができる状態にする。

「……いいか」

「……うむ」

家人たちに気付かれぬように頷き合い、裏口から屋敷を抜け出す。

と、そこに着流し姿の男が歩み寄ってくる。

「や、藪田さん？」

大太刀を半ばまで抜きかけた格好で、芹之介は驚きの声を上げる。

遊び人の姿に身をやつしていたのは、市中へ探索御用に出向いていた藪田定八だったのだ。

「話は聞いた」

定八は淡々と告げてくる。

立場上、二人が勝手な行動をしようとすれば止めなくてはならない。

江戸柳生と尾張柳生の件には関与しない方針を採ると、すでに吉宗は決断済みだからだ。

臣下の身、それも密命を直々に承る立場でありながら、将軍の意に反する行動を取るのは許されざること。この場で定八に成敗されても、文句の言えぬところであった。

「我らを何とされるご所存か、藪田殿」

意行は正面から問いかける。

両の手を体側《たいそく》に下ろしているのは、相手が攻めかかってくれば即座に応じ得る抜刀術を修めた者ならではの臨戦態勢。

その傍らでは芹之介も、大太刀の長柄《ながえ》にごつい手を添えている。

共に眦《まなじり》を決している。

もしも行く手を塞ぐならば、刀に掛けても押し通るつもりだった。

定八は無言のまま、すっと横に退く。

「咎めておる閑《ひま》などあるまい」

「藪田殿?」

「今は一刻を争うはずぞ。急げ、おぬしら」

告げる口調は静かなもの。

されど、二人に向ける眼差しは熱い。

矩美と兵四郎を救うため、力を尽くせ。

自身は差し控えざるを得ない救援を託した上で、二人の独断行動を見逃したのだった。

八

品川の大木戸を後にして、宗盈は川崎宿への道を辿る。

行く手に横たわるは六郷川。

折悪《おりあ》しく、渡し船は出てしまったばかり。

「使えぬのう」

苛立たしげにつぶやきつつ河原に座し、広い川面を眺めやる。

陽はそろそろ沈もうとしていた。

西陽を照り返した川面では鵜《う》が首を出してはちょぼんと潜り、川獺《かわうそ》がすいすい泳ぎ渡っていく。

鵜に追われた魚影がきらりと煌めく。

そんな光景を前にしても、宗盈の三白眼には何の感慨も浮かんでいない。

涼やかな川風に吹かれながら、ただ一刻も早く、対岸に渡りたいと思うばかりであった。

その背後に帯刀した二人の男が立つ。

意行と芹之介は無言のまま、同時に進み出た。

芹之介は早くも大太刀を抜いていた。

三尺近い抜き身を肩に引っ担ぎ、ずんずん歩み出て行く。

船着場に居合わせた人々は仰天した。

「果たし合いだ！」

「果たし合いだぞ！」

意行と芹之介は無反応。

この場は勝手に勘違いをして、逃げてもらったほうが好都合というもの。

宗盈は無関係の者を巻き込むのを厭《いと》わぬ男。

このような外道を斬るのに、巻き添えを出してしまうわけにはいくまい。

「……邪魔立てするか、うぬら」

宗盈は慌てることなく腰を上げ、二人に向き直る。

「おぬしが邪念もこれまでぞ、観念せい」

静かな面持ちで告げながら、意行は両手を体側に下ろしていく。

好んで人を斬りたいわけではない。

だが、この男を野放しにしておけば無辜《むこ》の人々が巻き添えを食うばかり。一刀の下に引導を渡してやるつもりの意行だった。

対する宗盈は動じてもいない。

口の端《は》には、余裕の笑みすら浮かべていた。

「したが、うぬら如きにやられる儂ではないぞ」

「どうかな」

芹之介は負けじと言い放つ。

抜き身の大太刀を右肩に担ぎ、長柄を両手で握っている。

その柄は左右の親指が当たる位置だけ、柄の巻糸が凹《へこ》んでいた。日頃から得物として手慣らしていることの証左《しょうさ》である。

黒い木綿糸の柄巻が革の如く光沢を帯びているのも、手の汗と脂が長年に亘り染み込んでいればこそだった。

人気の絶えた河原が夕陽に染まる。

刹那、芹之介がぐわっと飛び出す。

「ヤッ！」

気合いの発声が迸《ほとばし》り、大太刀が唸る。

凡百《ぼんぴゃく》の剣客には阻み得ぬ、手練の斬撃である。

次の瞬間、大きな金属音が上がった。

「むっ⁉」

芹之介がたたらを踏んだ。

腕に覚えの一撃を、あっさり受け流されてしまったのだ。

斜《しゃ》に抜き上げて迎撃した体勢から、宗盈は悠然と構え直す。

その機を逃さず、意行はしゃっと鞘を払った。

左の手のひらで鞘の鯉口をくるみ込むように握り、帯に沿って後方へぐんっと引き絞る。

この鞘が刃の角度を調え、敵の隙を突く、的確な抜き打ちを可能とする。

腕に覚えの抜刀術は意行がまだ紀州藩士だった頃、小太刀の術ともども磨きを掛けた技である。

後《ご》の先《せん》――相手が殺意を向けてきたのに応じるのを旨とする技は、本来ならば進んで仕掛けるべきではない。

しかし、それは求道者として剣を学ぶ上での心構え。外道を斬るのに、崇高《すうこう》な精神など必要とはされるまい。

しかし、修練に修練を重ねてきたその一刀も通用しなかった。

鋭い金属音と共に、意行の抜き打ちは阻まれた。

「抜刀勢法……か！」

芹之介が呻《うめ》きを上げる。

柳生新陰流における抜刀の技は四通り。

刀を振りかぶった敵の拳の位置に応じ、膝のばねで体高を上下させながら抜き打つ「上」「中」「下」と、逆袈裟《けさ》に切り上げる「砕き」のみ。

意行を迎撃したのは身の丈が低い意行に合わせた「中」の抜き打ちであった。

「うう……」

意行の右手がぶるぶる震える。

宗盈は柄に左手を添えていた。

こちらの刃を受けた角度が正確そのものならば、ぐいぐい押し付けてくる膂《りょ》力《りょく》も圧倒的。

相手が凡百の剣客ならば意行は合わせた刃を擦り落とし、返す刀で苦もなく仕留めていたはず。

しかし、それがままならない。

ここで左手を動かそうとすれば一気に畳み掛け、体勢を崩したところを斬って捨てられるのは目に見えている。

宗盈の技倆《ぎりょう》は、かつて相まみえたときよりも遥かに向上していた。

それが前向きな修練の成果であるならば、かつて彼を放逐した柳生備前守俊方とて感じ入ることだろう。

だが、この男が腕を磨いた目的は邪悪そのもの。

養家の危機を救うため、義理とはいえ兄にこれ以上の暴走をさせないために自ら危地へと旅立った少年剣士を惨殺し、ねじ曲がった恨みの念を晴らすことしか考えていないのだ。

斬らねばならぬ。

矩美を、そして兵四郎を救うため、この場にて仕留めなくてはならぬ。

意行の細面《ほそおもて》を汗が伝って流れ落ちる。

右手が限界に近付いていた。

そこに芹之介の声が飛ぶ。

「そやつは右手勝りぞ！　田沼っ」

「承知！」

一声叫ぶや、意行はぎゃりんと敵刃を打っ外《ぱず》す。

柄を握った両の手のうち、右手により力が込められているのを踏まえた上で体《たい》を捌き、合わせた刃を外したのだ。

手癖の有無を見破られるのは、剣客にとっては致命的。

右手が強ければ、やや左に刃筋が寄る。

ほんの僅差《きんさ》でも、達人同士の勝負ならば明暗を分けることになる。斬ってくる角度のわずかなずれを読まれてしまっては、もはや勝機はないはず。

そう思いきや、宗盈は余裕の態度のままだった。

「小賢しい……」

告げると同時に、片手上段に振りかぶる。

刃筋も何もなっていない、雑な手の内で柄を握っている。

手癖を見破られ、自暴自棄になったのか。

「ほざけぃ」

意行は八双の構えを取り、じりっと一歩出る。

刹那、その足元を蹴撃が襲う。

宗盈が足払いを喰らわせたのだ。

片手に持った得物に相手の意識を集中させ、その虚《きょ》を突いて蹴り倒すのは後の世の愚連隊や暴走族が喧嘩《タイマン》で用いる常套手段。

意行は居合で先んじて斬りかかるという、剣術の常法を無視した戦法を採っていながら、相手の策にはまんまと乗せられてしまったのだ。

これを迂闊と言わずして、何としよう。

喧嘩ならば倒しただけで片は付くが、殺し合いではそうはいかぬ。

宗盈は冷たく意行を見下ろす。

三白眼が狂気を帯びてぎらついていた。

「死ね」

兇刃が振り下ろされんとした刹那、ぎぃんと金属音。

芹之介が大太刀をぶん回すより早く、後方から飛んできた手裏剣が宗盈の刀を弾いたのだ。

「うぬ、締戸番かっ!」

駆け付けた定八を、宗盈は悔しげに睨《にら》み返す。

すでに意行は体勢を立て直していた。

刀を中段に構え、鋭い視線を向けている。

芹之介も大太刀を右肩に担ぎ、いつでも全力で打ち込めるようにしていた。

さらに定八まで加わっては、完全に形勢逆転。

と、そこにぎぃぎぃと場違いな音が聞こえてくる。

渡し船が戻ってきたのだ。

宗盈は物も言わずに突っ走り、定八の手裏剣をかわして船に飛び乗る。

三人が詰め寄るより早く、船頭を盾に取る。

「早《はよ》うせい！」

「へ、へいっ」

中年の船頭は夢中で櫓に取り付く。

向こう岸へ行っている間にどうして斬り合いがおっ始《ぱじ》まったのかは埋解できずとも、自分の命が危ないのはすぐに呑み込める。

脅されるがままに漕ぎ出した船は夕陽の残影の下、見る間に遠ざかっていく。

すでに宗盈は刀を鞘に納めていた。

敷《しき》（甲板）に腰を下ろし、にやつきながら彼岸の三人を見返している。

「くっ……」

意行は悔しげに歯噛みする。芹之介と定八も表情を雲らせるばかり。

兇剣士の出立を阻止しきれなかった以上、後は兵四郎だけが頼みの綱。

己の不甲斐なさを悔いながら、旅立った若人たちの無事を祈るばかりだった。

第四章　尾張暗殺陣・後編

一

小田原《おだわら》宿は江戸から二十里二十丁（約八〇・六八キロメートル）。

乱世の関東で覇者となった後北条《ごほうじょう》氏が五代に亘って君臨した地は、享保三年の現在も城下町としての姿が保たれている。

太閤秀吉が包囲するのに二十万余の大軍を用意した広大な城郭は、神君家康公の江戸入府前に大部分の城門や石垣が破却。しかし城そのものが解体されるには至らず、その後に地震で倒壊した箇所も含めて修復された。新生成った小田原城は甲州街道における甲府城と同じく、もしも西国《さいごく》の大名が関東へ攻め上ってきたときには進撃を阻止する、戦略拠点としての役目を担ったからだ。

その城と箱根の関所を預かる小田原藩主は幾度も入れ替わっている。大久保《おおくぼ》氏二代に阿部正次《あべまさつぐ》、稲葉《いなば》氏三代を経て貞享三年（一六八六）に再び大久保領に戻った小田原藩は十一万三千石。この小田原を拠点に雄飛《ゆうひ》した後北条氏とは比べるべくもない規模であるが、徳川将軍家に臣従する一譜代大名の所領としては申し分のない石高。

ところが今から十一年前の宝永《ほうえい》四年（一七〇七）、突如噴火した富士山の火山灰が相模《さがみ》と駿河《するが》一帯に降り注ぎ、小田原藩にも甚大な被害をもたらした。肥沃な米の産地だった藩領内の村々は荒廃し、酒匂《さかわ》川は灰の堆積《たいせき》で氾濫《はんらん》。復興と治水《ちすい》もはかどらず、苦境に立たされた大久保氏に公儀は表高（表面上の石高）に見合う代地《だいち》を一時与え、その収穫で藩政を賄《まかな》わせた。

そんな苦しい藩の財政を補ったのが、東海道の交通と流通の要衝《ようしょう》として栄えた宿場町の収入だった。

享保の世よりも百年ばかり後の、旅が一種の観光として定着した江戸時代後期ともなると旅籠《はたご》の数も増え、およそ百軒に達している。熱田神宮《あつたじんぐう》の門前町として栄えた宮《みや》宿や、諸国から伊勢参りの人々が詰めかける桑名《くわな》宿、遠来の旅人だけでなく江都の男たちも通う色町として栄えた品川宿などには及ばぬまでも、東海道有数の宿場であった。

この小田原宿が栄えた理由のひとつとして、箱根八里の峠を越える人々が前夜に宿泊する場所だった点が挙げられる。

小田原箱根口から芦ノ湖畔《あしのこはん》の箱根宿までの上り四里。

その箱根宿から三島《みしま》までの下り四里。

合わせて八里（約三一・四キロメートル）の峠道は箱根山に連なる二子山の南斜面沿いに設けられた、東海道中で指折りの難所。

旅慣れた男性ならば日に十里を歩くのが基本だが、険しい峠道続きとあっては勝手が違う。それに箱根八里は石畳が敷き詰められており、雨でぬかるむことがない反面、ごつごつした大きめの敷石に足を取られてしまうので歩きにくいこと甚《はなは》だしかった。

好んで辿りたい道ではないが、東海道を旅する者は皆、公儀が設置して小田原藩が管理する箱根の関所で検《あらた》め（検査）を受けなくてはならなかった。

江戸入りは概して取り締まりがゆるく、鉄砲などの武器の所持品検査こそ厳しいものの、男女共に道中手形は不要だったのに対し、江戸から西へ向かう者、とりわけ女性は手形の確認だけでなく厳重な身体検査まで行われた。幕府が諸大名の反乱を防ぐ人質として江戸の藩邸に住まわせている妻子の脱走を防ぐためだった。

関所は明け六つ（午前六時）に開き、暮れ六つ（午後六時）に閉まる。日暮れに通過しようとしても間に合わず、役人に門前払いを喰う恐れがあるため、箱根の峠を確実に越えるには前の夜に小田原宿で一泊し、翌朝は早立ちして日のあるうちに関所検めを受けてしまうのが賢明とされていた。

三重四層の天守閣が、そして乱世の縄張りの名残をとどめる石垣がじわじわと夕陽に染まり、やがて薄暮《はくぼ》の中に没していく。

小田原宿の一日が暮れゆく様を、その男は何の感動もない、醒《さ》めた眼差しで眺めやっていた。

日に焼けた顔の中で、ぎらつく三白眼が目立っている。

柳生宗盈《むねみつ》である。

田沼意行と鴨井芹之介の二人を真剣勝負で相手取り、加勢の藪田定八の手裏剣をかわして遁走《とんそう》した宗盈が六郷川を越え、川崎の土を踏んだのはちょうど昨日の今時分のこと。

あれから夜に日を継いで二十里余りを踏破し、小田原宿に辿り着いたのだ。

常人の倍の速さで歩き通したばかりというのに疲れひとつ見せずにいる。

宿場町を後にして、向かう先は箱根口。

夜目が利くだけでなく、獣にも似た敏捷性を備えていなくては、ごつごつした石畳に足を取られもせずに進み行くことなどできるまい。

抜け道を承知している宗盈にとって、関所など有ってないが如しである。

実父の岡部長泰が国許の岸和田藩から呼び寄せてくれた加勢の一隊とは、箱根八里の山中において合流する運び。

約束の場所は東海道の最高地点、精進池《しょうじんがいけ》の畔。

深い霧の中に、古びた石仏と石塔がぼんやりと浮かび上がる。

六道地蔵をはじめとする石仏群は、鎌倉の世に作られたもの。日中は参拝者が絶えない霊場も、夜半となれば静まり返っていた。

待っていた岸和田藩士は十五名。

宗盈と同世代の、二十代半ばから後半の下士《かし》ばかり。

しかし、この一隊は只《ただ》の藩士ではない。

国許で小具足《こぐそく》衆と呼ばれる一隊は、宗盈の実家の岡部氏が戦国の乱世から密かに擁する特殊部隊。ふだんは国詰の藩士として各々の役目に就いているが、藩主の密命がひとたび下れば、表沙汰にできない御用を果たすために行動を起こす。

小具足とは戦国乱世の合戦場で行使された、格闘術のこと。

合戦は弓鉄砲や投石といった飛び道具によって趨勢《すうせい》が決した後、敗軍の将兵が首級《しるし》を取られて終結する。

手柄の証拠となる首を取るための白兵戦《はくへいせん》において効力を発揮したのが、素手で敵を組み伏せ、叩き伏せる格闘術であった。

彼ら小具足衆の手強さは、宗盈もかねてより伝え聞いている。

江戸の藩邸で生まれ育ち、十七歳で江戸柳生に養嗣子《ようしし》として迎えられたために国許の軍制をすべて把握しているわけではないが、有事に頼るべきは小具足衆であると長泰から繰り返し聞かされたものだった。

向き合ってみると、凡百《ぼんぴゃく》の兵とは明らかに違う。

どの者もがに股で、一見すると武士らしからぬ立ち姿を示しているが、一対一で組み合ったときに強いのはこうした手合い。土台となる足腰が強いために素手でも得物《えもの》を手にしても競《せ》り負けず、やすやすと相手の体勢を崩して自由を奪ってしまうことができるのだ。

目の色も申し分なかった。

誰もが宗盈と同じ、感情を持たない目で見つめ返してくる。

いざとなれば相手を倒す——すなわち、殺すことをためらわぬ者ばかり。

何より頼もしいのは、刀に頼らずとも戦える技を備えていることだった。

剣術を修行する上では刀を体の一部と心得て、腕の延長として振るう心構えで技を行う。しかし、刀はあくまで武器という道具であり、道具は完全に体の一部とは成り得ない。

その点、素手で戦う術は違う。

わが意のままに動かすことのできる手と足を武器とし、急所を心得た関節技と打撃技を仕掛けて倒すのだ。

しかも、臨機応変な対処がしやすい。

刀であれ鑓《やり》であれ、得物は長さや重さといった仕様に制限がある。むろん使い勝手の良いものを選び抜いて用いるわけだが、あらゆる状況に適した武器というのは有り得まい。

だが、体の一部である手と足は無制限に活用できる。

敵に先手を打たれてしまったらお終いだが、こちらが機先を制すれば刀や鑓はおろか、鉄砲に対しても工夫次第で立ち向かい得る。

素手ならば、手近な万物をとっさに武器とすることができるからだ。

斬るのだから刀、突くのだから鑓と決めてかからず、その場で入手できるものを使った戦法により窮地を切り抜ける。それが小具足衆の基本姿勢。

特定の武術を学び修め、専用の得物の扱いに長《た》けていればいるほど、その得物に頼ってしまいがちなもの。

陥った窮地を得意の技と武器で何とかしよう、何とかしなくてはとこだわったために命を落としてしまっては、元も子もない。

小具足衆の十五名は大小の二刀を帯びていても、いざ勝負となれば鞘ぐるみのまま捨ててしまえる面々であった。

むろん、使えるときは活用する。たとえば敵が鉄砲で撃ってくれば、刀で斬りかかるのではなく飛剣《ひけん》に変え、投げつけて仕留める。

そんな臨機応変の発想と体捌《たいさば》きを鍛え上げた者ほど、手強い敵はいまい。

宗盈にとっては最高の味方だった。

(なまじ剣術の心得がある者ほど不利であろうな。きれいに刃筋を通して斬ろうなどと考えておる間に足蹴り一発で倒され、芋刺しになって果てるが落ちぞ……

もしもやり合《お》うたならば抜刀勢法にて膝を割り、一刀の下に動けなくさせてからでなくては勝てるまいよ）

柳生新陰流の修行を積んできた身でありながら、真剣勝負の場では喧嘩殺法で不意を突くのも辞さない宗盈だからこそ、こうして冷静に対処法を考えることもできる。ある意味、小具足衆に近い発想の持ち主だからだ。

しかし、並の剣客では無理なはず。

田沼意行がそうだったように、刀と剣術を決められた形に沿って正しく使おうとする意識が強い者ほど、不意を突かれると弱い。

若い矩美《のりよし》は尚のこと、稽古通りの形に囚《とら》われてしまいがちなはず。

真剣勝負の場数もほとんど踏んでいないに等しく、稽古と実戦の勝手の違いも身に付いていないのを、かつて刃を交えた宗盈は承知していた。

その点、白羽兵四郎は違う。

場数を踏んできただけでなく、臨機応変に敵を倒す姿勢が身に付いている。

忍びの者こそ特定の道具や使い方に固執せず、限られた備えで状況を打破する玄人《くろうと》だからだ。

されど、戦いの場においては自ずと限界があると宗盈は見なしていた。

兵四郎は小太刀術と馬針《ばしん》打ちを得意とするだけでなく、素手で敵と渡り合う術も心得ている。

とはいえ、素手での格闘においては小具足衆に劣るはず。

兵四郎が忍びとしての修行に時を費やしたのは少年の頃のみ。しかし、この十五名は小具足の技と臨機応変の発想を今日まで磨き続けているからだ。

まして、数の差が大きい。

十六対二での戦いは、最初から趨勢が見えている。

しかも、襲うのはこちらである。

護《まも》るよりも攻めるほうが有利なのは戦闘の常。予期せぬ場面で襲い、兵四郎が実力を発揮できぬうちに倒してしまうということもできる。

奴らには万が一にも勝機はない。宗盈はそう確認した。

後は、襲撃の段取りを抜かりなく整えるのみ。

「参るぞ」

下知《げち》に応じて、小具足衆の十五名は前進し始める。

一言も発することなく、宗盈に続いて山中に分け入っていく。

箱根は寒暖の差が激しく、盛夏でも夜半には一気に冷え込む。

高地となれば尚のことのはずだが、一行は夏の装いのままで平然と歩《は》を進めていた。このまま野宿で夜を明かし、矩美と兵四郎が関所を越えてくるのを待ち伏せて討つつもりなのだ。

見咎《みとが》める者は誰もいなかった。関所の門が閉じられていれば、わざわざ夜旅をして峠を越えてきても意味がないからだ。

去り行く男たちを見送るのは、古《いにしえ》の石仏群のみ。

幼い少年とその守り人《もりびと》に引導を渡さんとする徒党の企みに何か反応を示すわけでもなく、濃い霧の中で、風雪を経た立ち姿を示すばかりである。

衆生《しゅじょう》の愚行を糺《ただ》すのは、あくまで同じ人が為《な》すこと。

そう言わんばかりの厳かな姿であった。

二

そして翌朝。

矩美と兵四郎は夜明け前に起床し、速やかに朝餉《あさげ》を済ませる。

これまでの旅程は順調そのものだった。

初日の泊まりは戸塚《とつか》の一宿《いっしゅく》手前の保土ヶ谷宿。二日目はここ小田原宿。

二泊三日で箱根の峠越えに臨むところまで来たとなれば、初めての長旅にしては上出来と言っていい。

兵四郎の揉《も》み療治が効いていると見えて、矩美はあれからこむら返りを起こしそうな気配もなかった。

今朝もすっきり目覚めており、顔色はすこぶる良い。

男女の別を問わず、肌の具合を見れば体調は察しが付く。

矩美のつるりとした顔には面皰《にきび》も疱瘡《ほうそう》の跡もなく、毛穴から生気が湧き立っているかのようにつやつやしている。

五体の筋肉がほぐれていて心気《しんき》も汪溢《おういつ》しているとなれば、後はきっちり腹ごしらえをするのみ。

「美味い、美味い」

雑穀混じりの飯を山盛りにし、矩美は旺盛な食欲を発揮している。

ほんの二日前まで川崎宿の一膳飯屋で雑穀飯に不満を漏らしていたのが、まるで嘘のようである。独特の雅味《がみ》にも慣れてきたらしい。

「程々になされませ、若様」

元気な姿に微笑みつつも、兵四郎は釘を刺すことを忘れない。

「腹八分目は武士の習い。それに本日は峠を越えるのですぞ」

「そうであったな」

矩美の態度は素直だった。

碗によそいかけていた三杯目の飯をおひつに戻し、箸を置く。

上げ膳据え膳で暮らしていた身とは思えぬほど、矩美は下々《しもじも》の営みに馴染んできつつある。

兵四郎に給仕を頼まぬばかりか、昨夜は布団まで自分で敷いていた。

もとより、矩美は驕《おご》ったところのない少年だ。

特別扱いをされぬからと憤《いきどお》ったり、敬うように強いることもしない。

武士育ちの良い面である折り目正しい立ち居振る舞いと、無口であることのみを周囲に示し、素性を自ら明かそうとも考えていなかった。

この平《ひら》旅籠のあるじも、まさか天下の将軍家剣術師範の養嗣子が自分のところに草鞋《わらじ》を脱いだとは思っていないはず。さもなければ、たとえ他の部屋が一杯であったとしても行灯《あんどん》部屋に通したりはしないだろう。

矩美を大名の子とは夢にも思わず、只の元服したての若侍とでも見なしているからこそ、そういう粗末な扱いもできるのだ。

だが、兵四郎はむしろいい傾向だと見なしていた。

何よりも、当の矩美が不快の念など示していない。

逆に、下々の暮らしを楽しんでいる節さえある。

「昨夜は可笑《おか》しかったな、兵四郎」

「ああ、五右衛門風呂ですね」

食後の白湯を飲みながら告げてくるのに、兵四郎はまた笑みを誘われる。

昨夜、この旅籠に着いてすぐのことだった。

旅籠の据え風呂といえば鉄釜に木蓋を浮かせて保温しつつ、下からがんがん火を焚《た》く五右衛門風呂がお馴染みのもの。

そのまま足を底に着いては火傷するため、木蓋を踏んで入るのもお約束。

風呂といえば檜《ひのき》の浴槽や蒸し風呂しか知らない矩美が、かかる仕組みについて知識がないのも当然だろう。

しかし、結果として足の裏に火傷を負うには至らなかった。

蓋を取り除《の》けて湯に浸かろうとした刹那、これは底で火を焚いている釜であるというのに気付き、予備知識なしに踏んで入ったからである。

便所の下駄を持ってきて浸かり、踏みつけて釜の底を抜いてしまう手合いとは大違い。矩美は状況を見て判断し、失敗をちゃんと回避したからだ。

「かような蓋ならば湯が冷めず、足も焼かぬ。しかも浮かせておけば場所いらずとなれば一石三鳥というわけか……まこと、民の知恵とは大したものだな。感服したぞ、兵四郎」

「さもありましょう、若様。かようにして、いろいろと見付けてくだされ」

答える兵四郎は嬉しそうだった。

こういった行動こそ、兵四郎が矩美に学んでほしいと思ったことだった。

この少年は未曾有《みぞう》の状況に巻き込まれている。

江戸柳生と尾張柳生。

源を同じくしながら徳川将軍家に尾張徳川家と、それぞれ異なる主家《しゅか》に仕えてきた新陰流の二大派閥が、益《えき》なき抗争に突入しようとしているのだ。

江戸柳生は尾張を、尾張柳生は江戸を互いに疑い、あの辻斬りの一件にしても双方が相手の仕業と見なしている節すらあると、矩美は養父の俊方から聞いていた。

誤解を解くには、柳生兵庫厳延と対一《たいいち》で話を付けなくてはならぬ。

江戸勤番の尾張藩士たちはまさか下屋敷住みの宗春がやらせたことだとはつゆ

知らず、辻斬りの件は尾張藩の評判を落とすために柳生藩が自ら芝居を打ったのではないか、と噂していた。

宗春が工作せずとも、勝手に藩士たちで不信と怒りを募《つの》らせている。何かきっかけがあれば、衝突するのは必定。

それを回避するために、矩美は自ら尾張へ向かっているのだ。

しかし、尾張柳生の頂点に立ち、新陰流の宗家を継ぐ厳延が、年端《としは》もいかぬ少年の主張に耳を傾けてくれるかどうかは判らない。

江戸柳生に敵対する意志はない、将軍家の師範として指南し奉るのが活人剣《かつじんけん》である以上、殺人刀《せつにんとう》を振るう意志はないと主張できれば良いのだろうが、いざ厳延の前に立ったとき、臆せずに思うところを述べるのは至難。

兵四郎の立場としては、こうすればいいと知恵を授けたり、まして厳延と対面したとき口添えなどするわけにはいかない。

門外漢の一若党がそんな差し出がましい真似をすれば、矩美の面目を潰すだけのこと。あくまで矩美自身で乗り切ってもらわねばならぬ。

そのための慣らしとして、兵四郎は矩美を下々の暮らしに馴染ませようと思い立ったのだ。

雑穀だから不味《まず》い、風呂の蓋だから踏んではいけない。そんな先入観で物事を判断していては、予想外の状況に陥ったときに応用が利かない。

臨機応変でなくては、修羅場には立てぬ。

何事も先入観で決め付けてはならない。

尾張が敵なのか、それとも味方なのかは対面した上で矩美自身に判断を付けてもらわねばならぬこと。

たとえ矩美が誤ったとしても、自分は余計な私見など言い出すまい。

尾張柳生の総帥たる厳延が少年を斬るべく刃を向けてきたならば謹んで、かつ遠慮無しに応じるまで。

（ご存分に立ち向かってくだされ、若様）

胸の内でつぶやきつつ、兵四郎は湯呑みをぐいと空ける。

暑いからといって、水ばかりをがぶ飲みするのは逆効果。むしろ熱い湯や茶を一杯だけ摂れば喉の渇きが抑えられることを、兵四郎は知識ではなく経験として身に付けていた。

これからの道中で、矩美がどれだけ「経験」を積めるかは判然としない。

また、要《い》らざることまで覚えさせてはなるまいとも考えていた。

「なぁ、兵四郎」

矩美がおもむろに問うてきた。

「平旅籠はのんびりしていて良いものだが、私に遠慮をするには及ばぬぞ」

「は？」

「食売旅籠と言うのか……おぬしの興が乗るならば、三島にて泊まってくれても構わぬ」

「朝も早《はよ》うから、埒《らち》もないことを申されますな」

矩美が何を言っているのか気付き、兵四郎は思わず苦笑する。

まだ嫁取りしていないのは二人とも同じだが、兵四郎は当年二十三歳。まだ子どもの範囲である矩美と違って、完全に大人の体である。

それだけに女人の肌身にそろそろ触れたくなっているのではないかと、矩美は気を遣ってくれているらしい。

気遣いは有難いが、余計なお世話というもの。

もとより、兵四郎は未だ童貞の身。

それでいて太丸屋のお初《はつ》という、仲良しの娘がいる。また、女人と見なしてはならない相手だが、年明け早々の影御用で知り合った大奥御坊主《おぼうず》の萌心《ほうしん》もいた。

萌心は年の離れた姉といった感じであり、あちらも剃髪した身だけに自重して接してくれるので大事はないが、お初との付き合いは兵四郎のほうがしっかりと気を張っていなくてはならない。

兵四郎とて生身の男。昂《たかぶ》りを常々持て余してはいる。

こたびの道中に限らず、兵四郎は常々命を懸けて戦う身。女を知らぬまま死ぬのは嫌だとも正直思う。

だからといって、このところ会うたびに触れなば落ちんといった風情で切なげに自分を見やるばかりのお初を勢いに任せて抱いてしまったり、まして岡場所や食売旅籠の女たちをはけ口にしてしまえばいいなどと考えたくはない。

女人のことについては体だけでなく、心もまだ子どもなのだなと兵四郎は自嘲《じちょう》せずにはいられない。

まして、矩美にはまだまだ早い。

あるいは自身が女人に興味を抱いていて辛抱たまらず、兵四郎を口実に食売旅籠に行きたいなどと考えているならば困りもの。

頭ごなしに叱るわけにもいかないだけに、難しい。

健康な身なればこそ、異性への興味は募る。それを押さえ込むのは歪《ゆが》んだ性癖を生み出す結果にもつながりかねない。

だが、興味本位で知ってしまうのもいかがなものか。

この機に、何事も努力無くしては手に入れられないという自明の理を学ばせるべきだと兵四郎は思いついた。

「このたびの道中を終えられましたならば吉原の太夫《たゆう》を揚げてみなされ、若様」

「吉原……か？」

「相手は才色兼備の佳人《かじん》なれば口説くも一筋縄では参らぬはず。よき修行になるはずですぞ」

簡単に言うことを聞いてくれる女と手軽に接するのではなく、手強い高嶺の花を狙ってみろと兵四郎は勧めたのだ。

思惑通り、矩美は話に乗ってきた。

「才色兼備とは、まことか？それほど見目よく、賢いのか」

「さもありましょう。太夫と申さば妓楼《ぎろう》が召し抱えし遊女の頭《かしら》、言うなれば一軍の将にございまするする故な」

「詳しいのう、兵四郎」

「南のお奉行様の仰せですよ。太刀打ちとは男相手に木太刀《きだち》で行うことのみには非ず、才長け﨟《ろう》長けた女とやり合うのは堪《こた》えられない……と」

「やり合う、とは」

興味津々で問うてくるのに、兵四郎は剣に例えて説明する。

「立ち合いのみで、未だ打ち込めてはおられぬということですよ。あの手この手で迫っても口先でさらりとかわされ、小競り合いにもならぬそうで」

「まるで寄せつけぬのだな」

「達人とは、どのような稼業にもおるものです」

「成る程……それにしても、越前守様は辛抱強い御仁だなぁ」

「楽しんでおられるのですよ、若様」

「え？」

「簡単に一本取れる相手とばかり立ち合《お》うていては実になりますまい。男と女の駆け引きもご同様らしゅうございます」

「ふーん……」

矩美は首を傾《かし》げる。

「とまれ、足を運んでみなくては判らぬ……か」

何を兵四郎が言っているのか完全には理解できぬまでも、女人とは簡単に思い通りにはならぬというのを感じ取ってくれたようだった。

「さ、そろそろ発ちまするぞ」

食後の休憩を兼ねた会話も十分と見なし、兵四郎は矩美を促す。

「そうしよう！」

矩美は潑剌《はつらつ》と立ち上がった。

やはり爽やかな少年である。

朝からきわどい話をした後でもすっきり頭を切り替えて、目の前の状況をどう切り抜けるかに思いを巡らせ始めていた。

荷物をまとめながら兵四郎に確認してきたのは、関所での名乗りについて。

「やはり、堂々と名乗るつもりだ」

「それでいいのですよ、若様」

「うん。先だっては二人してあれこれ思案したものだが、正面から行ってみるさ」

兵四郎のさりげない褒《ほ》め言葉に、矩美はにっこり微笑む。

関所では直参の旗本と御家人、御三家の家臣、それらに該当せずとも高い位や禄高を得ている武士は、名乗りを上げるだけで通行を許される。ちなみに大名は公儀の許可無しに江戸を離れたり、逆に入府《にゅうふ》することが許されていない。そして大名の妻子も、人質として暮らす江戸から出るのは御法度であった。

矩美の場合は柳生藩主の養嗣子であり、厳密に言えば通行不可の立場なのだが将軍家の次期剣術師範という肩書きが切り札になる。後から養父の俊方に大目玉を食うのを覚悟の上であれば、そう名乗ったほうが通りはいいし、上様の御為に修行の旅に出たとでも言い添えれば、関所役人など何も言えぬはず。

そこまで段取りを固めたら、次は兵四郎の扱い。

当人にしてみれば抜け道を行くのも容易《たやす》いが、やはり上手いこと同道させたいというのが矩美の願いだった。

「おぬしは私の弟子ということで構わぬか？」

「えっ」

兵四郎は思わず振り分け荷物を取り落としかけた。

兄のような立場で苦言を呈したり教え導いたりしていても、兵四郎は自分の分というものを弁《わきま》えている。

三百俵取りの小旗本に奉公する若党など、武家社会においては塵のような存在にすぎない。そもそも士分ですらなく町民に等しい立場だからこそ、大小の二刀を帯びることも許されていないのである。

そんな自分が江戸柳生の門人扱いにされるとは、面映《おもはゆ》い限り。何しろ大横町にある柳生藩邸の道場は、直参旗本でも格の高い家の当主や子弟でなくては通うことが許されぬ場なのだ。

「勿体《もったい》のうございます、若様」

「気にするな。私がそう言いたいのだ」

恐縮しきりの兵四郎に、矩美は本音を込めて告げる。

願わくば本当に、門人に迎えたいと思っていたのだ。

養嗣子として迎えられた身で異を唱えるわけにはいかないが、大身旗本の子弟しか学び得ぬ剣がどれほどのものなのかと、矩美は声を大にして言いたい。

これまでに辻斬りにやられた十名の旗本たち、とりわけ自ら大川端へ出向いた五人組は自信過剰な面々だった。

いつも道場で強者《つわもの》めいた顔をして幅を利かせ、矩美に対しても、養嗣子だからといって偉そうにするなと言わんばかりの態度さえ取っていた。

それでいて、いざ刀を抜いたら一太刀ずつで即死。手も足も出せずに、犬死にしただけのことだった。

情けない。つくづく情けない。

声に出しては言えぬことだが、はぐれ尾張柳生の家士たちのほうが遥かに見上げた最期を遂げていた。

その場を目撃したわけではないが、憎むべき辻斬り——柳生宗盈に対して一歩も退《ひ》かずに攻め込み、渡り合ったことが受けた手傷や刀の疵《きず》から察せられる。

何もできずに斬り倒されただけの旗本たちとは、まるで違う。

そんな門人ばかりの一門に、命を張る値打ちがあるのか。

矩美の心は揺らぎつつあった。

「若様？」

「いや、何でもない」

案じ顔で見つめる兵四郎に矩美は微笑み返す。

そのぎこちない笑みに、兵四郎は気付かぬ振りをしてくれた。

三

今日は朝から曇天《どんてん》だった。

「これは一雨来ますぞ、若様」

「とまれ、上ってしまうとしようぞ」

兵四郎と矩美は石畳の道を一歩ずつ、かつ速やかに踏んで進む。

芦ノ湖畔の関所に辿り着いた頃には、ぽつぽつと小雨が降り出していた。この空模様では残念ながら、名物の逆さ富士は拝めそうにない。

すでに明け六つ(午前六時)を過ぎ、手形の確認が始まっていた。

江戸口と呼ばれる箱根側の大門前では、先に並んで待たされていた旅人たちが降ってきたのを幸いとばかりに、門番の若い足軽に不平をぶつけ始めている。

「濡れっちまうじゃありやせんか、お役人!」

「早くしちまってくださいな! どっちみち、女検めってのは手間ぁ取らされるんでござんしょう!」

歯切れのいい啖呵《たんか》をぶつけられ、門番は困り顔。騒がれると関所内にいる士分の役人から番が甘いとどやされるのだろう。

「ええい、大人しくせんかっ」

どのみち時がかかりそうである。

兵四郎は振り分け荷物の中から畳んだ油紙を取り出した。防水性のある油紙はこうやって雨よけにしたり、怪我や粗相をしたときに布団に敷いたりと重宝するため、持っていくようにと意行から渡されたものだった。

「ご無礼仕りますよ、若様」

さっと拡げて二つ折りにし、頭から矩美に掛けてやる。

「若様は止せ、兵四郎」

感謝の笑みを向けながら、矩美は続けて言った。

「おぬしは私の弟子、であろう？」

「あ……左様にございました」

「ならば先生と呼んでくれ」

「心得ました、先生」

油紙の下で顔を寄せ合い、二人は微笑む。

門番の耳には届かぬように、念のため声を低めるのを忘れてはいなかった。

関所内での調べは滞りなく済んだ。

「な、何卒お気を付けて……ご武運を祈っており、おりまする」

中年の関所役人はたるんだ頰を引きつらせながら土間に降り立ち、自ら戸口に立って二人を送り出してくれたものである。

表は雨足が強くなっていた。

「蓑笠《みのかさ》をお着けになられまするか、ご、御指南役様」

「気遣いの段、痛み入る」

済ました顔で答える矩美に、下役の者たちが備え付けの蓑を羽織らせ、菅笠を被せていく。

兵四郎は脇に控え、黙ったままでいる。

矩美は本物だけにそれらしく振る舞ったほうが良いのだろうが、偽弟子の自分まで過分な恩恵を受けてはなるまい。そう考えていた。


関所を後にした二人は、下り四里を踏破するべく歩き出す。

雨は横殴りに降りしきっていた。

「おぬしばかり濡れさせて相済まぬな」

「勿体なきことですよ若様……いえ、先生」

自前の菅笠の下で、兵四郎はにっと微笑む。

と、その表情が険しくなった。

無言のまま、振り分け荷物の片方をほどく。

風呂敷包みの中から取り出したのは、愛用の半籠手《はんごて》。後世の剣道で用いられるのに似た、合戦用の武具である。

側面の部分には櫃《ひつ》が設けられ、馬針が五本ずつ仕込まれている。

「ご雑作をおかけしてもよろしいですか、先生」

「う、うむ」

頷く矩美に道中の荷物を託し、兵四郎はずいっと前に出た。

進み出ながら、大脇差を鞘ごと後ろ腰に回す。

杉並木の続く下り坂を、一団の武士が上ってくる。

がに股の足の運びから、柔術もしくは類する格闘技を修めた身と察しが付く。

笠も合羽も着けず、ずぶ濡れになりながら迫る男の数は十五人。

三人ずつで五列に並び、足並みを揃えて迫り来る。

見覚えのない顔ばかりだが、感情を窺《うかが》わせない、死んだ魚の如き目をしているところだけは兄弟のように似通っていた。

「……………」

押し寄せる殺気に負けじと兵四郎は前進する。

刹那。

降りしきる雨を裂き、三振りの脇差が殺到した。前列の三人が、帯前の脇差を抜くと同時に投げつけたのだ。

袴を着けて大小を帯びた、歴《れっき》とした武士が採る戦法ではない。

だが、世の中に有り得ぬということはない。

こうして不意を突いてきた以上、速やかに応じるのみ。

兵四郎は両の腕をぶんっと振るう。

闇雲にぶん回したわけではない。

飛来する刃筋を見切り、続けざまに打ち払ったのだ。

刃に触れてしまえば籠手ごと拳を裂かれるが、峰を狙えばいいだけのこと。

吹っ飛んだ脇差が杉並木に突き刺さる。

二列目の男たちが突っかけてくる。

刀は抜かず、一列目の三人と共に徒手空拳で打撃を浴びせてくる。

兵四郎はだっと地を蹴った。

こちらは坂上に立っていたので地の利がある。飛び蹴りひとつを取っても、下から跳び上がるのとは距離も勢いも違うのだ。

兵四郎の長身がぶわっと舞う。

拳と脚が唸るたびに雨が弾け、打たれた敵の血反吐《ちへど》と混じって宙に散る。

六人の男が地べたに叩き付けられるまで、さほどの時はかからなかった。

「うぬ！」

三列目の男たちが刀を鞘走らせる。

応じて、兵四郎は後ろ腰の大脇差を抜き放つ。

豪雨の中に金属音が響き渡る。

兵四郎は敢《あ》えて敵を斬り伏せようとしなかった。

三振りの兇刃を続けざまに受け止め、受け流して、前に飛び出すのを阻む。

あるじの意行が教えてくれた、武具である刀そのものを防具とすることで敵を釘付けにする、要人を護るときの戦法だった。

三人の手練《てだれ》を相手にやり合っていれば、残る敵が坂上の矩美に襲いかかるのは目に見えている。一団の狙いが彼であることに、兵四郎はもう気付いていた。

こちらに幸いなのは、まだ関所からそれほど離れていなかったことだ。

敵は関所検めが済んで安堵した隙を突き、この大雨に紛れて矩美を葬り去ろうというつもりだったに違いない。

また、連れの兵四郎を侮《あなど》ってもいたのだろう。

誰であれ、まさか歴とした武士がいきなり脇差を投げつけてくるなどと思わぬはずだからだ。

だが、兵四郎に奇策が通じるはずもない。

こういう相手だからこういう手を使ってくる、という先入観が無いからだ。

武士が腰の物を投げたり、抜刀せずに蹴りや拳を見舞ってくるのも、そうした術を身に付けていれば当然起こり得ること。

武士だから刀は抜いて構えて斬ってくる、あるいは抜刀術で仕掛けてくるのみと思い込むのは危険というもの。

何をしてくるか判らないから、敵なのだ。

そういった不測の事態を常に頭に置いて戦っていれば、隙は生じない。

武士らしからぬ変則技での襲撃を得意とする小具足衆の戦法は、そんな兵四郎にしてみれば逆にやりやすい相手であった。

とはいえ、数が多すぎるのも事実。

「おのれ、下郎がっ」

残る六人も佩刀《はいとう》を抜き放つ。

九対一となっては、受けて流すばかりでは対処し難い。

しかし防御に酷使した大脇差は疵だらけ。折れはしないが、斬れ味は鈍ったと見なさざるを得まい。

おまけに失神させた者たちも起き上がり、刀を抜いて迫り来る。

感情のなかった目に今やぎらぎらと光が宿り、兵四郎を睨《ね》め付けていた。

手負いの者も込みとはいえ、とうとう十五対一である。

手持ちの馬針の数は十本。

すべて命中させても、残る五人とは大脇差で渡り合うしかない。

こちらが斬り尽くすのが先か、それとも——。

兵四郎が眦《まなじり》を決したとき、坂上から入り乱れた足音が聞こえてくる。

「しっかりしな、おさむれぇさん！」

「もうすぐお役人が来てくれるよぉ！　負けんな！」

関所の江戸口に居合わせた、歯切れのいい旅人たちだ。

矩美と兵四郎より調べに時がかかったため、今になって出てきたのだろう。

何が幸いするか判ったものではない。

もしも彼ら彼女らが早々と関所から解放され、先に行ってしまっていれば、兵四郎は多勢に無勢で斬り死んでいたことだろう。

旅人たちを引き連れた矩美も、一緒になって声を張り上げている。

「今少しだ！　しっかりせい！」

それは武家の矜持《きょうじ》を捨てたやり方だった。

大身の武士、それも将軍家剣術師範の養嗣子という立場でありながら、素町人に助けを乞うて引き連れてくるなど、ふつうはできぬことである。

だが、矩美は迷わなかった。

敵は自分が斬りかかったところで太刀打ちできぬ手練揃い、しかも奇策を得意とする一団と見て取り、こちらも奇策で対抗しようと人を呼びに走ったのだ。

旅人たちとて、偉そうな武家が頼んでくれば素直には動くまい。

凛々《りり》しく可愛らしく、護ってやらなくてはという気を周囲に起こさせるところのある矩美だったからこそ、折良く関所から出てきた面々を引っ張ってくることもできたのだ。

坂上に並んで立った一同は、男女それぞれに声を揃えて叫ぶ。

「ひとごろし！　ひとごろしが出やがった！」

「ひとごろしだよー！　助けてー！」

こうも騒がれては、もはや暗殺にもならない。

「ひ、退《ひ》けっ」

刺客どもは脱兎の如く逃げ出した。

「へっ、ざまーみろい二本棒め！」

「おととい きやがれってんだー！」

豪雨をものともせずに張り上げる旅人たちの罵声《ばせい》に追われ、がに股で急勾配をこけつまろびつ、ひたすら駆け下りていくしかない有り様。

兵四郎は雨と泥にまみれた顔をきっと上げ、その姿を見送っている。

胸の内では、一抹《いちまつ》の不安を禁じ得ずにいる。

(尾州様の手の者じゃなければいいが……な)

十五人の刺客は問答無用で矩美の命を狙ってきた。

もしも一団が尾張柳生の手の者であり、矩美抹殺が柳生兵庫厳延の意向なのだとしたら、とても話し合う余地など有るまい。

拭い去れぬ不安に表情を曇らせながら、兵四郎は疵だらけの大脇差を鞘に納めた。

その背中に、矩美が飛び付いてくる。

「兵四郎ー！」

「大事ありませぬよ若様……いえ、先生」

泣きそうな顔の矩美に、兵四郎は謝意と労《いたわ》りを込めて告げるのだった。

四

窮地に手を貸してくれた伊勢参りの人々と連れ立ち、兵四郎と矩美は和気藹々《あいあい》と道中を続けた。

三島を過ぎれば駿河国《するがのくに》。

沼津《ぬまづ》、原《はら》、吉原《よしわら》、蒲原《かんばら》、由比《ゆい》、興津《おきつ》、江尻《えじり》、府中《ふちゅう》、丸子《まりこ》、岡部《おかべ》、そして藤枝《ふじえだ》——江戸から五十里（約一九六・三キロメートル）。

目的地の尾張は確実に近付きつつある。

しかし、その前に越えなくてはならないのが大井川《おおいがわ》。

島田宿に面した大河は公儀が橋を架けるのも船の使用も禁じ、背負ったり肩車をしたりといった人力による徒歩《かち》渡しのみを認めていた。屈強な川越し人足たちが受け取る渡し賃は地元の店々に売り上げとして還元され、また一部は冥加金《みょうがきん》となって土地の政《まつりごと》に役立てられる形になっている。

それは結構なことだが、渡してもらう旅人たちには不都合が多い。

言ってみれば、完全な売り手市場だからだ。

水嵩《みずかさ》が増して川留めにされるのはやむを得まいが、渡し賃を不当に吊り上げるために人足どもがさぼりを決め込むのは堪《たま》ったものではない。

「いいかげんにしねぇかい、この野郎！」

兵四郎はドスを利かせて啖呵を切る。

袴は穿《は》かず、茶無地の筒袖の着流し姿。

無頼の徒めいた台詞《せりふ》も板に付いていた。

「てめーらの役目をほっぽって、酒なんぞ喰らっててんじゃねぇや！」

生真面目なあるじの薫陶《くんとう》よろしく、ふだんは折り目正しい喋り方をする兵四郎だが、閑《ひま》を貰うたびに木場の太丸屋で川並《かわなみ》（木場人足）の手伝いをやっている。かねてより親しい仲である、不良あがりの新次《しんじ》や井太郎《いたろう》と接するときは自ずと伝法な口調になるし、強面《こわもて》の川越し人足たちとて屁でもない。

たしかに水嵩は増しているが、慣れた稼業の彼らが渡れぬほどの深さにはまだなっていないはず。

幾らかの割り増しを要求するぐらいならば旅人たちも目をつむるが、三倍付けで渡し賃を寄越せとは横暴すぎる。

怒っていたのは兵四郎だけではない。

事情を知った矩美も憤りを抑えきれず、人足どもがねぐらにしている小屋まで同行していたのだ。

「おぬしたち！　かように恵まれた体を生まれ持っていながら怠惰にして実入りを得ようとは、男として恥ずかしゅうないのかっ⁉」

矩美も兵四郎も、脇差まで外した丸腰である。

旅籠に残してきた連れの旅人たちは危ないから持って行けと心配しきりだったが、なまじ帯びているとやりにくい。

こちらが武装していれば、相手も自ずと警戒し、話し合いで事を解決するのが難しくなりかねない。兵四郎の望みは一刻も早く川越しをしてもらいたいだけであり、無益な殺生をする気など最初《はな》からなかった。

その代わり、言葉ではがんがん挑発するつもり。人足どもが川越しぐらいいつでもやってやるぜと挑発に乗ってきたら、しめたもの。今日のうちに対岸へ渡れる。

ともあれ連中の上を行く勢いを見せつけ、速やかに川越しを再開させなくてはならぬ。いざとなれば拳で渡り合うまでのこと。

されど、人足頭の太っちょも肝の据わった男だった。

「いい度胸だなぁ、兄さん方」

太鼓腹を揺らしつつ、褌《ふんどし》一丁の人足頭は前に出る。

昼日中から小屋で大あぐらをかいて酒臭い息を吐き散らしていても、銅《あかがね》色に日焼けした巨体はいかにも裸一貫で稼ぐ身らしく、見事に鍛え抜かれていた。

こうでなくては、荒くれどもを束ねることなどできるまい。

肉の分厚い面構えも憎々しいが、吐いた台詞がまた振るっていた。

「俺らに文句があるってんなら、てめぇでやってみたらどうなんだい？」

「そいつぁ御法度だろうよ」

兵四郎は憮然《ぶぜん》と告げる。

好き勝手に酒手《さかて》（チップ）を要求したり女の客にいたずらしたり、無頼の徒のような男たちだが、川越し人足は鑑札制。

日雇いではなく、公に認められた稼業なのだ。

いつまで待っても渡してもらえぬからといって、旅人が勝手に渡河すれば罪に問われる。ましてお株を奪って川越しをするなど言語道断。

人足頭はそれを承知の上で、兵四郎と矩美を挑発し返しているのだ。

「俺らに喧嘩を売ったぐれぇで粋がるもんじゃねぇや、兄さん。そんなに度胸があるって見せつけたけりゃ体ぁ張って、三倍付けの渡し賃が払えねぇって泣いていなさる年寄りや子どもの役に立ってやんなよ」

ふてぶてしくうそぶく巨漢を、兵四郎はじろりと見返す。

「……俺がやってもいいのかい」

「ああ。どっちみち役人にすぐとっ捕まっちまうこったろうがな。そんなに無駄骨が折りたけりゃ、やるがいいぜ。俺ぁ笑って見ててやるからよぉ」

「こいつ！」

兵四郎が行くより早く、矩美が飛びかかった。

眉を吊り上げて振るった拳をぱしっと受け止め、人足頭は突き飛ばす。

そこに子分どもが待ち受けていた。

「いらっしゃいまし、お坊ちゃん」

「お兄ちゃんたちが遊んであげますからねー」

逃がすまいと腕を摑まえ、五人のいかつい男たちが円陣を組む。

突き飛ばしては受け止め、受け止めては突き飛ばす可愛がり。負けじと矩美が殴りかかるのを機敏にかわし、ごつい拳を顔面にぶち込む。

着衣の袖が裂け、鼻血が散る。

そこに人足頭をぶちのめした兵四郎が躍りかかる。

こちらも巨漢との殴り合いで襟《えり》ははだけ、裾は乱れまくっていたが、そんなことはどうでもいい。

「この野郎ども！　その方は俺の先生だっ!!」

子分どもに浴びせた制裁の鉄拳は、すべて肝《かん》の臓狙い。

十分反省するように、一番苦しい部位を拳でえぐってやった。

「ぐへっ!?」

「げぇぇ……」

折からの雨でぬかるむ路上に転がり、子分どもは吐きまくる。

矩美は自力で立ち上がりつつも、恥じ入った表情を浮かべていた。

「大事ありませぬか、先生」

「うん……不覚だった」

「かかる手合いとやり合うのも、また修行でありますよ」

「そうか、そうだな」

励ます兵四郎に、矩美は笑顔を作って見せる。

と、そこに息せき切った声が聞こえてくる。

「て、大変《てぇへん》だい、兵さんっ」

お伊勢参りの旅人のおじさんだ。

聞けば、何日も狭い部屋に押し込められていて痺《しび》れを切らした隣の旅籠の客たちが川越し用の蓮台《れんだい》を勝手に持ち出し、順繰りに大井川を渡り始めたという。

役人の咎めを喰らう以前に、危険きわまりない真似だった。

祭りで神輿《みこし》を担ぐノリで持ち出したのかもしれないが、水嵩が増した大井川を素人が渡りきれるはずがない。

兵四郎は悶絶《もんぜつ》させた人足たちに次々と活を入れていく。

「な、何だよぉ」

おびえた顔で見返すばかりの人足頭と五人の子分に、兵四郎は有無を言わせぬ口調で告げた。

「仲間を集めろい。一人残らずだ！」

川越し人足たちは大挙して川面に踏み込み、溺れかけた旅人たちを体を張って助け上げていった。

河原に引き上げられたのを、駆け付けた町医者が診ている。

慈姑《くわい》頭も半ば白い、がりがりに痩せた初老の男。見るからに藪医者めいた風体だが、次々に運ばれてくるのに跨《また》がっては胸を押し、水を吐かせる動きは正確そのもの。圧迫しすぎぬように加減しつつ、手際よく蘇生させていく。

医者の横では、兵四郎も器用な手つきで蘇生に当たっている。

「……先生？」

ふと気付くと、矩美の姿が見当たらない。

視線を巡らせたとたん、兵四郎の表情が凍り付いた。

矩美が褌一丁になり、濁流に分け入っていく。

「あぶねえぞ！」

「戻れ！　戻れっ！」

人足たちが止めても受け付けない。

流されていく蓮台の上で、五つばかりの男の子が泣き叫んでいる。

一緒に乗っていた人々は川面に放り出されて助かったというのに、この子だけ半壊した枠木に挟まれたまま、抜け出せずにいた。

蓮台はじわじわ沈んでいく。

その重みで川面に押し付けられ、子どもは恐怖の叫びを上げ続けていた。

このままでは水を呑み、動けぬ状態で溺死するのを待つばかり。それを矩美は見ていられずに単身乗り出したのだ。

矩美は抜き手を切って蓮台を追う。

しかし、どうにも流れがきつい。

何とか蓮台に追いつこうとするが距離は縮まらず、諸共《もろとも》に押し流されていくばかり。

兵四郎は眦を決し、傍らでおろおろしている人足頭に歩み寄る。

「……ついてきてくれ、頼む」

「ばば、馬鹿を言うねぇ！」

人足頭は分厚い頬を震わせる。

兵四郎の腕っぷしの強さは、十分に骨身に染みている。

しかし、濁流に押し流される蓮台を人力で止めるのなど無理な相談。

二人どころか十人でも、食い止められまい。

「お前まで巻き添えを食うだけのこった！　止しなよ、な？」

「……」

もはや何も言わず、兵四郎は一人で濁流に乗り出していく。

六尺近い兵四郎の長身が肩まで沈むほど、水嵩は増している。川越し人足たちが三倍付けと吹っかけてきたのも、今なら判る気がした。

とにかく、矩美と子どもを助け出さねばならぬ。

まずは川の真中まで辿り着かなくてはならない。

しかし、上流から押し寄せる水の勢いは変わらず強い。

「先生……先生！」

兵四郎は必死だった。

どうにか蓮台が流されている間近まで来たものの濁流に阻まれ、なかなか近付けない。

もうだめかと思ったとき、ぐんと両側から支えられた。

「へっへっ、水ん中は俺《おい》らの領分だぜ」

「ざまぁねぇな、兄さんよぉ」

先程ぶん殴った、人足頭の子分たちだ。

軽口を叩いていても、表情は真剣そのもの。

蓮台のほうには人足頭が取り付き、馬鹿力で枠木をへし折っている最中。

かくして助け出された子どもと矩美は、速やかに河原へ運ばれた。

矩美が莚《むしろ》の上に横たわっている。

顔には赤みが戻りつつある。

「いやはや、大したもんだ」

子どもを蘇生し終えた老医者は、感心しきりで兵四郎に言った。

「水を吐かせ吸気《きゆうき》を補いし上で手際も見事ならば、怪我人の手当ても玄人はだし……おぬし、儂《わし》の許で代脈《だいみやく》（見習い）にならんか？」

「遠慮しておきますよ、先生」

苦笑しながらも、兵四郎は丁重に頭を下げる。

忍びの術には医術も含まれる。

金創（外科）はむろんのこと、各種の薬草の知識はもとより豊富な兵四郎だが矩美の救出は持ち前の知識だけでは為し得なかったこと。江都で懇意にしている漢方医の小川笙船《おがわしようせん》から以前に教わった、後の世で言うところの人工呼吸が図らずも役に立ったのだった。

そこに人足頭と子分たちが歩み寄ってくる。どの者も神妙な顔。

「おかげさんで死人を出さずに済んだ。礼を言うぜぇ、兄さん」

「それは俺が言うことだ。ほんと、ありがとうな」

兵四郎は心から礼を述べつつ、頭を深々と垂れていた。

彼らが動いてくれなければ矩美はあのまま流されてしまい、あの子どもを救うどころか為す術《すべ》もなくおぼれ死んでいただろう。

どれほど感謝しても足りるまい。

「いいかげん面《つら》ぁ上げなって、照れ臭いだろ」

ごつい顔を赧《あか》らめて、人足頭は鼻をこする。

悪名高い大井川の川越し人足どもも、実のところは気のいい男たちだった。

人足たちを仕切る川会所《かわかいしょ》が仲裁に入り、事件は両成敗で片が付いた。旅籠の客一同は壊した蓮台を弁償し、人足一同は正規の渡し賃のみを受け取るという運びになったのだ。

矩美の経過も良好で、兵四郎はほっと一安心していた。

そして事件の翌々日。

あの人足頭が、ふらりと旅籠に訪ねてきた。

「こいつを受け取ってもれえてぇと思ってな」

仏頂面で差し出したのは、風呂敷包み。

兵四郎には小さい寸法の、木綿物の単衣《ひとえ》と袴がくるんであった。

「うちの若いのが破いちまったろ、詫びのしるしに、お前さんのご主人にやってくんな」

「……いいのか」

「早《はえ》えとこ引っ込めてくれよ。詫びのしるしなんだから」

照れ臭そうに告げつつ、人足頭は金太《きんた》と名乗った。

「あの坊ず、いい度胸をしていやがるぜ。剣術使いだってんなら、ひとかどの人物ってのになるんじゃねぇかな」

「ほんとに……そう思ってくれてるのかい？」

「ああ。しっかり面倒を看《み》て差し上げるがいいぜ。お前さんたちゃ、ほんとの兄弟みてぇだしな」

金太は分厚い頬を緩めて微笑みかける。

兵四郎にとっては、何より嬉しい一言だった。

五

兵四郎と矩美は早朝の街道を急ぐ。

日坂《にっさか》宿へ至る山道を行き交う者は誰もいない。

先日の大井川の一件で兵四郎や人足衆のため奔走したお伊勢参りの旅人たちはまだ島田宿の旅籠に留まり、ぐぅぐぅ朝寝を決め込んでいる最中だった。

みんなの頑張りで何とか死者を出さずに済んだものの、あれから疲労困憊《こんぱい》して動けずにいるのだ。

兵四郎と矩美は、もとより寸刻を惜しむ道中である。

足止めを食った分の遅れを、一日も早く取り戻さなくてはならない。

対岸の金谷《かなや》に渡してくれたのは、あの金太。

渡し賃はどうしても受け取ろうとしないので、みんなで酒手にしろと言って褌に押し込んでやったものだった。

ともあれ、仕切り直しである。

金谷宿から日坂宿への行程は二里（約七・八五キロメートル）。

平地ならば一汗掻く程度の道のりだが、一面に丸石が敷き詰められていて足を取られる、急な坂道続きとなると結構きつい。

もしかしたら箱根の下り四里より難所かもしれないと兵四郎は思った。

粘土質で雨が降るたびに難儀を強いられる道を歩きやすくするための石畳だけに文句も言えぬが、油断するとつまずきそうになるのは辛いところ。

「大事ありませぬか、先生？」

「苦しゅうない。さ、先を急ごうぞ！」

元気の良い答えに、兵四郎は思わず破顔する。

つい三日前までぐったりしていたとは思えぬほど溌剌とした、矩美の一挙一動が微笑ましい。

これも助かったからこそ思えることだ。

大井川の件では肝を冷やされたものだが、本当に何よりだった。

気を付けてやらねばなるまいと、兵四郎は改めて肝に銘じる。

畏《おそ》れ多い江戸柳生の養嗣子が今や本当に、生意気盛りの可愛い弟のようにも思えていた。


まず越えなくてはならないのは、長い上りの金谷坂だ。

旅装束の二人は木洩《こも》れ日《び》の下、延々と続く金谷坂の石畳を踏破していく。

先を行く兵四郎は菅笠を被り、装いは江戸を発ったときから変わらぬ茶染めの筒袖に馬乗り袴。大井川の騒動でずぶ濡れになったのもすっかり乾き、さらりとした感触が心地よい。

得物の備えも抜かりはなかった。

箱根での襲撃以来、刺客の一団は姿を見せていなかった。

こちらが島田宿で足止めを食っていたのに気付いているのか、いないのか。

いずれにせよ、再襲撃に備えておく必要がある。

大脇差は川留め中に研ぎを頼み、切れ味を取り戻しているので先々の襲撃にも不安はなかった。島田宿では戦国の世に名工と謳《うた》われた島田義助《よしすけ》とその一門が大いに栄え、今も刀鍛冶《かじ》や研師《とぎし》が多い。川留め騒ぎの思わぬ収穫だった。

矩美のほうも、さっぱりと装いを改めている。

金太の子分たちとの殴り合いで破れた絹物は古着屋に引き取ってもらい、その金太が詫びに贈ってくれた木綿の単衣と袴に身を固め、おろし立ての深編笠を被っている。

腰の大小が相変わらず重そうだが、矩美は弱音ひとつ吐こうとしない。

江戸と尾張の柳生家を和解させるべく自らの意志で旅立ったからには、同行者の兵四郎に無様な姿を見せてはなるまい。

そう思い定めて、ずっと気を張っているのだ。

兵四郎は何も言わずに矩美の武者修行袋を預かり、負担にならぬように細長い風呂敷包みを自分の腰に巻き付けていた。自前の振り分け荷物もあるので結構な重さだが、兵四郎は嫌な顔ひとつ見せずにいる。

共に紺地の手甲《てっこう》と脚半《きゃはん》を着け、足拵《あしごしら》えは草鞋履き。

兵四郎は戦闘用の半籠手を風呂敷にくるみ、振り分け荷物の片方にぶら下げて左肩に担いでいる。道中では目立つため隠しているが、非常時にはすぐさま取り出して装着できるよう、半籠手の包みはいつも胸前に下げていた。

金谷坂を上りきった二人の眼下に、一面の茶畑が見えてきた。

諏訪原《すわはら》（牧ノ原《まきのはら》）の台地に広がる、大茶畑である。

摘んでも伸びてくる、葉の生き生きとした青さが目に染み入る。早朝の茶畑を風が吹き渡る様も、しばし暑さを忘れさせてくれるものだった。

「一休みいたしましょう」

「うむ」

ほっとした様子で頷く矩美に微笑み返し、兵四郎は竹筒の栓を抜いてやる。

「忝《かたじけ》ない」

差し出された竹筒を受け取り、矩美は美味そうに喉を鳴らす。

小休止した後に臨むは菊川坂。

今し方踏破してきた金谷坂より更に長く、石畳が続いている。

「ううむ、楽ではないのう……」

「まだまだ序の口ですぞ、先生」

堪らずつぶやく矩美に、兵四郎は背中越しにさらりと告げる。

これから向かう中山《なかやま》峠は、箱根と鈴鹿《すずか》の峠と並ぶ東海道の三大難所だ。まずは手前の箭置《やおき》（青木）坂を上り、一里塚を経て二の曲がり——世に聞こえた急勾配の沓掛《くつかけ》を下りきらなければ日坂宿は見えてこない。

たちまち、矩美はぜいぜいと肩で息をし始めた。

こうも早くへたばるのなら、箭置坂の手前にある間《あい》の宿（休憩所）に寄るべきだったのかもしれない。

ともあれ小休止をさせなくてはなるまいが、道中の保護者としては少し厳しさも示しておく必要があった。

「あれが久延寺《きゅうえんじ》か……ちと立ち寄りて、休ませてもらおう……」

「それは構いませぬが、あちらは畏れ多くも東照大権現様に所縁《ゆかり》の名刹《めいさつ》です」

「ま、真実か？」

「柳生様の若たる御身が、かように弱り切ったお姿を示されてはなりますまいぞ」

兵四郎は努めて厳かに言い聞かせる。

出立する前に意行の講義を受け、街道筋の情報はすべて頭に入れてある。この箭置坂上に建つ久延寺についても、暫時《しばし》で構わぬので拝礼するようにと兵四郎は言われていた。まして矩美は将軍家剣術師範を継ぐ身。徳川家康公に縁の深い寺を訪れながら、肩で息をしていたのでは格好が付くまい。

「さ、しゃきっとなされ」

「うむ……おぬしの申す通り……だな」

よろめく足を踏み締めて笠を取り、矩美は本堂に向かって合掌《がっしょう》する。

この久延寺は奈良の昔に開基《かいき》された真言《しんごん》宗の名刹である。

在りし日の家康公が手植えした五葉松《ごようまつ》がそびえ立つのと同じ境内には、かつて掛川《かけがわ》城主として一帯を治めていた土佐藩の祖・山内一豊《やまのうちかずとよ》が関ヶ原へ向かう家康公の接待に設けた、茶亭の跡も残されている。松を植えたのは、その折のこと。徳川の臣として礼を尽くす矩美に付き合う一方で、兵四郎は境内の片隅に祀《まつ》られた夜泣き石に祈りを捧げることも忘れない。

それは遠州《えんしゅう》七不思議の一つに数えられる、哀しくも不思議な伝説だった。

諸説が存在するらしいが、兵四郎が意行から聞いたのは以下の話である。

平安の世、近在に住むお石なる身重の女人が、轟業右衛門《とどろきごうえもん》なる野武士に殺されて金を奪われ、孕《はら》んでいた赤子だけは一命を取り留めた。

時の久延寺の住職は乳の代わりに水飴を拵《こしら》えて赤子を育て、わが子を恋しがる母の霊が憑《つ》いた石を読経で慰め、夜毎に泣く現象を鎮めたと伝えられる。音八と名付けられた赤子は後に大和国で研師となり、太刀の研ぎを頼んできた業右衛門が母の仇と知るに及んで名乗りを上げ、見事に無念を晴らしたという。

母の温もりを知らぬ兵四郎は、この手の話に結構弱い。

理不尽な死に見舞われた女人の冥福を祈り、兵四郎は真摯《しんし》に合掌する。その姿に気付いた矩美は傍らに立ち、そっと手を合わせていた。

拝礼を終えた二人は境内の泉水を拝借し、渇いた喉を存分に癒す。

「よし！　参るぞ兵四郎」

草鞋を履き替えたときにはもう、矩美はすっかり元気を取り戻していた。

寺の先では、早くも茶店が開いていた。

見れば『子育飴』なる幟《のぼり》が立っている。夜泣き石の伝説にちなんだ、この地の名物菓子だった。

「買《こ》うて差し上げましょうか、先生?」

「馬鹿、子ども扱いするでないっ」

苦笑しながらも、矩美は興味津々の様子だった。

さりげなく兵四郎は右腰に吊った緡《ぜにさし》から銅銭を抜き取り、琥珀《こはく》色も艶かな水飴を二本購《あがな》う。

「甘い物は疲れを取るに適しておりますれば、どうぞご遠慮なく」

「左様か。ならば頂戴するかな」

勿体を付けつつも、矩美は嬉しげに手を伸ばしてくる。

歩きながら飴をしゃぶるのは、武士の礼儀に照らせば感心されぬこと。されど旅の空の下となれば、人の目など気にするには及ぶまい。

「美味いなぁ」

無邪気な声を上げる様を横目に、兵四郎はふふっと微笑む。

斜め向かいには一里塚が見える。

きつい峠越えも、そろそろ終盤に差しかかっていた。

六

中山峠の下り道には大小の句碑が多い。

有名無名の歌人たちの三十一文字が刻まれた碑を横目に、兵四郎と矩美は黙々と歩を進める。歌道に傾倒する意行がこの場にいれば喜び勇み、誰々の作であるといちいち講釈してくれることだろうが、二人は一顧だにしていない。

足元は少しでも足を滑らせれば、たちまち転がり落ちそうに急な坂続き。剣術修行を通じて常に重心を保つ運足が身に付いている彼らにとっても、気の抜けぬ難所なのだ。

ともあれ、目指す日坂宿はもうすぐである。

午前の陽光の下、兵四郎と矩美はひたすらに歩を進める。

異変が起きたのは、二の曲がりの急勾配に差しかかったときだった。

「兵四郎！」

矩美が切迫した声を上げた。

前方から見覚えのある一団が、ずんずん坂を上ってくる。

殺気の奔流。箱根山中で襲撃してきた、あの刺客たちだ。

後方からも鋭い殺気が迫り来る。

視線を向けるまでもなく、敵の一隊と察しが付いた。よりによって足場が最悪の難所で、手強い連中に前後から挟み撃ちにされてしまったのである。

「離れてはなりませぬぞ、先生っ」

注意を与えつつ、兵四郎は迫り来る敵を交互に注視する。

頭数は前方に十名、後方に六名。

箱根の下り四里で渡り合ったときよりも、一人多い。

「これまでぞ、小僧っ」

後方の一団を指揮する男が勝ち誇った声で告げてきた。

「今日こそうぬに引導を渡してやるわ！　ははははは！」

聞き覚えのある、不敵な声色《こわいろ》であった。

「柳生宗盈……」

兵四郎は低く呻《うめ》いた。

あのとき一団を差し向けたのは、宿敵の宗盈だったのだ。

宗盈と十五名の配下たちは、揃いの装束に身を固めていた。木洩れ日の下に浮かぶ姿は、黒染めの単衣に同色の打裂羽織《ぶっさき》。いずれも筒袖で、広い袂など付いていないので動きやすい。

通常の馬乗り袴よりも細身の野袴を穿いている。臑《すね》には黒い脛巾《はばき》を巻き、見れば草鞋には忍びの者が登攀《とうはん》に用いるのと同じ、鉄製の金具を嵌《は》めていた。

これなら足場の悪い急勾配でも、誤って転落することはない。

兵四郎としたことが、すっかりお株を奪われてしまっていた。

箱根でやり合ったときはどしゃ降りの中だったため、はっきりとは見て取れなかった。

こうして陽光の下で改めて見てみると、装束のひとつひとつが動きやすいように吟味して選んであると判る。

いずれの者も、編笠の代わりに竹田頭巾で面体を覆い隠している。笠を被ったままでは斬り合うときに視界を遮られ、不利になるからだ。

行き届いた支度を調えた一団は、定寸より短めの大小を帯びていた。鞘の長さから察するに左腰の大刀は二尺二寸（約六六センチメートル）、帯前に差した小刀は一尺二寸(約三六センチメートル)。公儀が城勤めの武士の差料として定めたのを下回る、扱いやすい刃長だ。

宗盈は勝ち誇った声で告げてくる。

「この包囲、逃れ得るか? 無理であろう」

「お止めくだされ、義兄上《あに》っ」

堪らずに矩美は叫んでいた。

「何故に、私をそこまで憎まれるのですか!?」

凜々しい顔は哀しみに歪《ゆが》んでいる。

理不尽にも命を、それも何度も狙われているのだから、義理の兄などと呼んでやる必要もないはず。

されど矩美は非情になりきれない。

ここで兵四郎と協力し、宿敵として宗盈を討ってしまえばいいはずなのに踏ん切れない。

矩美は優しすぎるのだ。

江戸柳生と尾張柳生で抗争などしてほしくないのと同様に、共に養嗣子という立場になった宗盈とも、願わくば仲良くしたいのだ。

だが、世の中には話が通じぬ相手というものがいる。

宗盈はねじくれ果てた男。

矩美のことがひたすら憎くてしょうがない。そう広言して憚《はばか》らず、あまつさえ辻斬りを働いて江戸柳生の評判を落とし、尾張柳生に乗り出させて潰させようという姦計《かんけい》まで弄《ろう》した。

(目を覚ますのだ！)

兵四郎は声を大にしてそう言いたかった。

しかし他人の考えを押し付けて行動させ、宗盈をやっつけたところで矩美には悔いが残ってしまうばかりだろう。

それではいけない。

斬り合うならば矩美が納得した上で、刀を抜かねばなるまい……。

そう兵四郎が思った刹那、耳障りな哄笑《こうしょう》が響き渡った。

「はっはっはっはー」

戸惑う矩美をずいと見返し、宗盈はぬけぬけと言い放つ。

「矩美よ～　どのみち死んでいく身ならば、しかと教えてやろうかの～」

「な、何と申されるおつもりです？」

「うぬが目を掛けしはぐれ尾張柳生の三人な、儂《わし》に挑んで参ったのは柳生藩でも将軍家剣術師範の名誉のためでもなかったのだぞ〜」

「えっ……。さ、さればあの者たちは何故に⁉」

「うぬじゃ〜、うぬのためにと言うておったわ」

「私の？」

「尾張より離反せし身を拾《ひろ》うて貰《もろ》うた恩とやらに殉じ、儂を返り討ちにしようと挑んで参ったのよ。なぜだと思う、矩美よ〜」

「そ、それは」

言葉に詰まったところに、更なる嘲《あざけ》りが襲い来る。

「あやつらは抜け殻であったのよ〜。無為徒食の日々に倦《う》み、修練したところで生かす甲斐なき技を、儂にぶつけてきただけのことじゃ〜」

「そんな……」

「認めるのだ。あやつらが空しゅうなりしは、うぬが青臭い情けなど掛けたせいなのだとな〜」

「……………」

ある意味、的を射た指摘と言えよう。

一度は宗盈の配下となって吉宗暗殺に動いた尾張柳生の離反者十余名を矩美は救済し、江戸柳生の家士として召し抱えることを義父の俊方に許してもらった。

罪を憎んで人を憎まぬ、矩美らしく優しいやり方であった。

だが、救われた十余名はどうなったか。

所詮は江戸にも尾張にも居場所のない、はぐれ者となっただけのこと。

仏作って魂入れずと言うが、矩美は十余名の男たちに衣食を足りさせたものの、剣客としての拠り所を与えてやれなかった。

子どもらしい優しさで自害を止めて生き長らえさせてやったのが、かえって苦しませる結果になってしまったのだ――。

「そこな下郎などよりも、生き残りし八名ばかりを召し連れて尾張へ向かうべきであったの～。皆、嬉々《きき》として捨て駒になってくれたであろうにの～」

「くっ！」

度重なる嘲りに、矩美は堪らず鞘を払った。

だが、挑発に乗せられてはそれこそ犬死に。

対決するにせよ、頭を冷やした上でなくては勝機は得られぬ。

「落ち着きなされ」

後ろ手に矩美を庇《かば》いつつ、兵四郎は敵との間合いを目で測る。

馬針を速射して仕留めようにも、足場が不安定では狙いも定め難い。

かと言って、このまま駆け下って囲みを斬り破るのも至難であった。

独りであれば半籠手を着けて敵刃を防ぎながら馬針を乱れ打ち、大脇差を振り回して強行突破するのも可能だろう。

だが、連れの矩美に同じ芸当は出来ぬ。柳生の剣を日々修行し、若年ながら才豊かな身とはいえ、実戦の経験が無い御曹司なのだ。

(何としたものか……)

焦る兵四郎の背中に、矩美の震えが伝わってくる。

死なせてはなるまい。

この場は兵四郎が体を張ってでも、守り抜かねばならなかった。

相手が江戸柳生の後継ぎだからではない。自分より年下の、まだ十四歳の少年だからこそ、非業の最期など遂げさせたくないのだ。

こたびの道中で、兵四郎は未完成な少年に示唆を与えた。

ものを味わうのも、人と接するのも、そして刃を交えるのも、何事も先入観を持たずに為すべしと。

かかる発想を身に付け、実戦できるようになれば、この少年は生き延びる力がもっと強くなるはず。

だが、今は余りにも弱々しい。兇剣士から口説かれて、たとえ一部の指摘は的を射ていたとしても、乗せられるがままに対決しようなどとは無謀に過ぎる。

もう少し成長してくれるまでは、やはり自分が護ってやらねばならぬ。

兵四郎は包みを解き、半籠手を取り出す。

左手から順に装着していく間にも前後の敵を目線で制し、近間へ踏み入らせぬように威嚇《いかく》することを忘れなかった。

「悪あがきは止せ〜」

対する宗盈は余裕綽々《しゃくしゃく》で、まだ刀も抜いていない。

身軽な兵四郎も急勾配で立ち往生を強いられ、しかも子連れでは万策尽きたと承知の上なのだ。

こちらが戦いの支度を調えるまで襲って来ずにいるのも、こたびこそ負けるはずがないと確信していればこそだろう。つくづく不敵な男であった。

兵四郎が半籠手を着け終わった。

振り分け荷物の片方に提げていた小行李は、足元に放り捨てる。

腰に巻いていた矩美の武者修行袋も、同様にした。

金子《きんす》は肌身離さずに持っているので、身の回りの品など幾らでも買い直せる。

しかし、命ばかりは一度失えば取り返しが付かぬ。

敵との間合いは、前後共に五間（約九メートル）にまで詰まっていた。

兵四郎はくわっと双眸を見開く。

馬針を打ち放つか。

それとも跳躍して一気に間合いを詰め、斬りまくるか。

いずれにしても矩美を連れていてはままならない。

共に生きて窮地を脱するために、何とするべきか──。

汗が滲《にじ》んだ兵四郎の目に、路傍の歌碑がふと映じた。

全高一丈（約三メートル）はありそうな平たい碑は土台がぐらつき、今にも倒れそうになっている。

かかる様を見て取った瞬間、兵四郎は矩美に鋭く告げていた。

「刀を納めなされ、先生」

「えっ」

「早《はよ》うなされ！」

訳が判らぬまま、矩美は言われた通りにする。

陽光に煌《きら》めく刀身が腰間に収まった刹那、兵四郎は少年の腕を掴む。

そのまま横っ跳びし、歌碑の後ろに隠れる。

盾にして抵抗を試みるのかと思いきや、ぐわっと碑が打ち倒される。

後方に立つと同時に、兵四郎が蹴り付けたのだ。

永らく補修されることなく放置され、土台が弱るばかりだった碑は力強い蹴りを受けるや否や、ひとたまりもなく倒れ込む。

「な⁉」

殺到せんとした宗盈と配下たちは絶句した。

兵四郎は蹴り倒した碑に飛び乗ると、一気に坂道を下り出したのだ。

一丈の石板が唸りを上げて突進する。

跳ね飛ばされそうになった前方の十名が、慌てて左右へ逃れる。

信じ難い脱出劇だった。

いかに急勾配の坂道とはいえ、ただの石板で滑走を試みても無理な話。しかし兵四郎が飛び乗った碑には苔がびっしりと生《む》し、適度な潤滑剤となったのが幸いしていた。

「お……おのれ～っ」

いち早く我に返った宗盈が、怒号を上げながら走り出した。

配下たちも草鞋の金具を鳴らし、後を追って駆け下る。

しかし、とても追いつけるものではない。

滑走する兵四郎は矩美を背負ったまま、腰だけで体の均衡を保っている。後世のスノーボーダーもかくやといった、驚くべき体捌きだった。

見る間に二人の姿は遠ざかってゆく。

「追え！……追え……っ!!」

宗盈の息を切らした叫び声が、木洩れ日の下に空しく響く。

かくして兵四郎は敵の囲みを突破し、こたびも矩美を守り抜いたのだった。

七

以来、兵四郎と矩美の姿は街道筋から消えた。

「おのれ……おのれ！」

窓辺に座した宗盈の顔は、怒りの色で朱に染まっている。

逗留しているのは吉田《よしだ》宿。

江戸から七十三里半（約二八八・四九キロメートル）。

三河国《みかわのくに》吉田藩七万石の城下町で、豊川《とよかわ》の河口に面した湊《みなと》町。

河川運搬による物資の一大流通拠点として栄えていて人の往来も多く、情報を集めるのには事欠かない。また、見目良き食売女が多いのも無聊《ぶりょう》を慰めるには好都合。そう見なして拠点としたものの、一向に芳しい成果は出ていない。

小具足衆の十五名を走らせても日坂宿はむろんのこと、近隣の宿場で見かけたという情報はまったく得られなかった。

幻術を用いて消えたのでなければ、手段はひとつ。

陸路では危険と判じ、金谷宿へでも舞い戻って大井川を今一度渡り、島田から船に乗り替えたに違いない。

二人きりで行動するなら人目を避け、そのへんの砂浜からでも小船で漕ぎ出すことはできる。沖合いで別の船に拾ってもらい、途中の宿場をすっ飛ばしてしまえば旅程を短縮しつつ、こちらの手からも確実に逃れられるというもの。

「行く先は桑名……であろうな」

宗盈の口調は弱気になっていた。

先に尾張に到着されてしまえば、暗殺という手段に訴えるのはもはや不可能。

こちらにしてみれば矩美を討つのは正当な復讐のつもりだが、尾張柳生が同意してくれるかどうかは定かでない。

単なる逆恨みと見なされれば、こっちが成敗されるかもしれぬ。

いざとなれば尾張柳生は自分と矩美、いずれに味方してくれるのか。

焦りは募るばかりだが、ここまで来たからには尾張柳生の総帥であると同時に新陰流の宗家たる、柳生兵庫厳延その人の判断を仰ぐべきだろう。

しかし――。

(良いのか、それで?)

宗盈は胸の内で反駁《はんばく》する。

やはり厳延に任せてはまずい。

決定権を与えたら自分は消される。

何と言っても、これは矩美に分が有りすぎる勝負だ。

同じく柳生の剣を学び修めたとはいえ、矩美のほうは江戸柳生の養嗣子という立場を現役で保っている。

しかるに宗盈はといえば、とっくに養子縁組を解かれて放逐された身。

どちらに価値があるのかは目に見えている。

江戸と尾張の違いこそあれど、源は同じ新陰流。

十四歳の少年が誤解を解き、互いに対立するのを避けたいと進言したいがために遠路を厭《いと》わずやってきたと知れば、厳延とて情にほだされるはず。

凜々しくも可愛らしい矩美と向き合ったなら尚のこと、しかと話を聞いて判断する気にもなるだろう。

狷介《けんかい》な性格と外見をしており、江戸柳生の養嗣子の資格も失って久しい自分に何もいいところはない。

厳延にとって唾棄《だき》すべき対象とでも言われたら、何としよう。

矩美憎しの一念で突っ走る反面、宗盈は己の弱さも自覚できていた。

自分を認めてくれなかった江戸柳生に対しては、もはや何の未練もない。

だが、あるいは尾張柳生ならば新陰流をいちから学び直して、仕切り直すのにふさわしい場なのではあるまいか。

「……頼みの綱は若君のみ、だな」

宗盈は懸命に、己を奮い立たせようとしていた。

この男が言う「若君」は、尾張徳川家の御曹司たる宗春のみ。

自身も岸和田藩主の子息ではあるのだが、尾張柳生に言うことを聞かせるだけの権威など有りはしない。

だからこそ、宗春に厳延の説得を頼みたいのだ。

とりあえず自分が名古屋城下に出向き、名代《みようだい》と称して会えばいい。

宗春と厳延の間に利害の一致さえ見出せれば、話は早い。

宗春の願いはわかりやすい。

尾張藩主に、ひいては征夷大将軍になることだ。

さすれば尾張柳生は江戸柳生に代わり、将軍家剣術師範の座に着く。将軍の首がすげ代わるだけで事は成就するのである。

尾張徳川家から初の将軍を出すことで、尾張柳生には伝統と実力にふさわしい評価を受けていただきたい。だからこそ尾張の新藩主に、そして新将軍に宗春を！

そう言って厳延を口説き落とし、宗春のために粛清の剣を振るい始めてもらえれば、逆らう者など一人もいなくなるはず。

その輪の中に、自分も混ぜてもらえれば十分。

自ら強者になろうとしてはいけない。

これからは大物たちのおこぼれに預かって生きていこう。宗盈はそう思い至っていた。

帆一杯に潮風を孕み、七里の渡しが伊勢の海をゆく。

渡し船といっても四十人も五十人も一度に移動できる、堂々たる帆船。

大船に乗った気分とは、こういうことを言うのだろう。

「気持ちいいなぁ」

舳先に立った矩美がご機嫌に微笑む。

釣られて、兵四郎もふっと口の端を綻《ほころ》ばせる。

だが、この笑顔の裏に哀しみが隠されているのを兵四郎は知っていた。

あれから矩美は泣きに泣いた。

泣いて泣いて、自分が情けを掛けたために死なせてしまった家士たちの御霊に祈りを捧げた後、自分は戦うと兵四郎に宣した。

柳生宗盈と、である。

斬り合うという意味ではない。

あの愚劣な男が播《ま》いた火種を消し、江戸と尾張の柳生を和解させたい。

それを宗盈が阻むならば刀に懸けて排除する。弟子として、助太刀をして欲しい。

その切なる願いを兵四郎は受け入れた。

かくして今、二人は船上にいる。

桑名から四日市《よっかいち》を経て、目指すは石薬師《いしやくし》。

東海道五十三次の四十四宿目に当たる石薬師宿は、百二年前の元和《げんな》二年（一六一六）に設けられた小さな宿場町。

そこまで行けば、尾張藩領は目の前だ。

「今少しですぞ、先生」

「うむ……」

つぶやく矩美の横顔に、ふと影が差す。

足も小刻みに震えていた。

「何も恐れることはありませぬ。先生らしゅう、堂々としていてくだされ」

「敵地であることに変わりはないのだぞ、兵四郎……」

「ご同門を信じましょうぞ」

動揺を隠せぬ矩美に、兵四郎は毅然と告げる。

自分たち二人が街道筋から姿を消したことに焦り、柳生宗盈は手を打ってくるはず。こちらの行き先を承知の上で先回りし、尾張柳生一門にあらぬことを吹き込んで味方に付けてしまったかもしれない。

そうだとしても、臆していては何も始まらぬ。

柳生兵庫厳延という人物の度量に――宗盈の妄言などに左右されぬ人物である可能性に、今は賭けてみるより他になかった。

八

漆黒《しっこく》の闇の中、草いきれのする土手を大小二人の影が駆ける。

石薬師宿から名古屋城下へ向かう、兵四郎と矩美である。

「兵四郎っ！」

御濠端まで来たとき、矩美が緊張した声を上げた。

行く手を阻んだのは黒装束の男たち総勢十五名の――小具足衆。

「待て待て待て、ここから先は行かせぬぞ」

余裕の言葉は、一党を率いる柳生宗盈の放ったもの。

いかなる心境の変化か、妙に自信を高めている。

「退《の》け！」

矩美は負けじと言い放つ。
こちらも心境は変わっていた。
目の前の男のことを、もはや敬意を払うべき相手だとは見なしていない。
だが、ここで斬り合いたいわけではなかった。
剣を交えるのは、そうする価値のある相手と為すべきこと。
されど、宗盈は違う。
己の名誉欲と感情さえ満たせればいい、只の兇剣士。
江戸と尾張の柳生の調和を引っかき回した恥知らず。
ただただ、唾棄すべき対象でしかないのだ。
「退け!!」
今一度、語気も強く繰り返す。
しかし、相手は聞く耳を持っていない。
小具足衆は刀を抜き連ねた。
十五条の兇刃が闇に煌めく。
宗盈も自ら陣頭に立ち、すらりと鞘を払う。
「うぬが望むならば試合《しお》うてやるぞ。抜け」

宗盈は自信満々で繰り返す。

「どうした、ん？　抜けと申しておるだろうが」

「馬鹿を申すな」

矩美は冷笑を浮かべた。

凛々しくも可愛らしかった顔が、翳《かげ》りを帯びている。

本来ならば余人を軽蔑などしたくない、どこまでも優しい性根の少年が、目の前の男を本心から嘲り笑っていた。

「おぬしがこの場におるだけでも目障りぞ、去《い》ね」

「言うようになったの、小僧」

宗盈は余裕の笑みで受け止めた。

「うぬが存念はどうあれ、我らのいずれが兵庫様にお目にかかるにふさわしいかを決めねばならん。早《はよ》うせい」

「……………」

「ん〜？　自信がないのか」

挑発に乗らず、矩美は静かに呼吸を整えている。

怒りに任せて刀を抜いても、勝てはしない。

もとより外道とはいえ宗盈のほうが実力は上。冷静になりきって立ち合わねば、勝機は得られぬと心得ていた。

兵四郎はそんな矩美の傍らで、いつでも援護できるように身構えている。

御濠がざわっと波立つ。

名古屋城の大天守を、淡い月光がしらじらと照らしている。

番士の目も届かぬ御土居《おどい》――城郭の周囲に設けられた土塁を背負い、矩美と兵四郎は十六人の敵と向き合っていた。

宗盈は余裕。矩美は懸命。

天は何《いず》れに味方するのか――。

(ままよ!)

兵四郎はきっと天を仰ぐ。

と、そのとき。

矩美に左右から迫らんとした小具足衆の二人が、続けざまに血煙を上げた。

兵四郎が斬ったのではない。

足腰の力が存分に乗った合撃《がっしうち》だ。

柳生の剣――?

「そのままで良い……」

闇の向こうから告げてくる声は、穏やかそのもの。

現れた姿も剣客らしからぬ、柔らかい造作と体型。

それでいて、双眸《そうぼう》の輝きは力強い。

斬り倒した二人に残心《ざんしん》を示すだけでなく、唖然《あぜん》とする宗盈に、そして残る十三人の小具足衆にも気を向けて牽制《けんせい》していた。

柳生兵庫厳延、五十五歳。

尾張柳生の総帥であり、新陰流の現宗家。

窮地に陥った矩美を助けてくれたのは、会おうとした当人だったのだ。

厳延の背後に十名余りが居並んでいる。

革襷《かわだすき》を掛けた侍の数は、小具足衆の生き残りとほぼ同じ。

「な、何となされますのか、ご宗家⁉」

「そのほうが胸に聞いてみい」

慌てる宗盈に、厳延は訥々《とつとつ》と告げてくる。

「わが門下の者共をそそのかし、あまつさえ刃に掛けたそうだの？」

「そ、それは……」

「あるじの愚は臣下の罪……そのほうの引き連れし手勢どもに、しかるべき報いを受けてもらおうか」

その一言を受けて、尾張柳生一門が構えを取る。

江戸柳生よりも腰高の「直立《つったつ》たる身」。まさに尾張柳生の構え。

小具足衆は混乱していた。

なぜ、自分たちが尾張柳生に討たれなくてはならないのか。

しかし、この場は戦わねば死あるのみ。

十三人は抵抗を開始した。

向き合う相手の虚を突き、仕留めようと暴れ回った。

だが、尾張柳生たちは動じない。

投じられた脇差はいちいち弾かずに体捌きで避け、打撃も蹴撃も付き合わずに手足を断って抵抗力を奪う。

所詮、邪道の戦法しか能のない連中など王道の敵ではない。

断末魔の悲鳴が相次ぐ中、厳延は矩美に歩み寄っていく。

「大事ないか」

「は、はっ」

「遠路大儀であったの」

「お、恐れ入りまする」

修羅場をよそに交わす言葉は、短いながらも情のこもったものだった。

「そなたとは初めて会《お》うた気がせぬぞ」

「ご宗家様……」

「わが一門への合力《ごうりき》の段、心より礼を申すぞ」

厳延は委細を承知していた。

宗春にそそのかされて脱藩し、吉宗暗殺に加わりかけた尾張柳生の門弟たちと密かに連絡を取り合っていたのである。

将来ある若者たちを粛清せず、保護してくれた矩美の恩に報いるべく、こたびも救出に動いてくれたのだ。

そんな厳延の態度に、慌てるばかりなのは宗盈。

甘言を弄して味方に付けるという計算は狂い、剛直の柳生剣士団の猛攻の前に配下の小具足衆は一掃されてしまった。

「く……」

宗盈は悔しげに歯噛みするばかり。

ただ一人生き残り、多勢に無勢。

堪らずに逃げ出したのも、無理からぬこと。

「捨て置け」

追撃しようとした一門を止めて、厳延は兵四郎に向き直る。

「そこもとが白羽殿だの。こたびのこと、礼を申す」

黙って一礼する兵四郎に、訥々と続けて語る。

「あれなる慮外者《りょがいもの》は、もとより尾張には関わりなき身。畏れながら宗春様も今はご同様……我らが仕えるに値せぬ御方と心得ておる」

吉宗暗殺を企む宗春と宗盈に、自分たちは今後も加担はしない。

柳生の宗家である以前に尾張の一藩士として、約束してくれたのだ。

かくして兵四郎はまた一人、力強い協力者を得た。

もっとも、そんな彼のことを恃《たの》みとする者もいるのである。

「白羽殿に感謝せいよ、矩美」

「はい。兄が増えたようにも思うております る」

矩美の誇らしげな一言に、厳延ははっはと笑う。

「良き哉《かな》、良き哉」

淡い月明かりの下、名古屋城の大天守を背負って立つ姿はどこまでも頼もしいものだった。

九

これで心置きなく、江戸に立ち戻ることができる。

すでに月は明け、七月になっていた。

江戸柳生一門の危機を自らの奮闘により回避したことで、矩美は逞しく成長を遂げていた。されど、まだ十四歳の身。周囲の大人たちが善き方向へ教え導いてやらねばならない点も数多い。

兵四郎もこれからは齢の離れた弟子であると同時に兄代わりの一人として、しっかりと目を光らせるつもりでいる。

「して兵四郎、吉原にはいつ参るのじゃ？」

「そのうち、そのうち」

「長くは待てぬぞ。ははははは……」

残暑も厳しい中、兵四郎と矩美は意気揚々と、懐かしい江戸への戻り路《じ》を辿っていくのだった。

双葉文庫

ま-17-05

江都《こうと》の暗闘者《あんとうしゃ》
尾張暗殺陣《おわりあんさつじん》

2009年8月15日　第1刷発行

【著者】
牧秀彦《まきひでひこ》

【発行者】
赤坂了生
【発行所】
株式会社双葉社
〒162-8540 東京都新宿区東五軒町3番28号
[電話] 03-5261-4818(営業)　03-5261-4833(編集)
http://www.futabasha.co.jp/
(双葉社の書籍・コミックが買えます)
【印刷所】
株式会社亨有堂印刷所
【製本所】
株式会社若林製本工場

【表紙・扉絵】南伸坊
【フォーマット・デザイン】日下潤一
【フォーマットデジタル印字】飯塚隆士

落丁・乱丁の場合は送料双葉社負担でお取り替えいたします。
「製作部」宛にお送りください。
ただし、古書店で購入したものについてはお取り替えできません。
[電話] 03-5261-4822(製作部)

定価はカバーに表示してあります。

ISBN978-4-575-66396-9 C0193
Printed in Japan